DREAMBOOKS★

DREAMBOOKS★

DREAMBOOKS★

신화의 전장

신화의 전장 20

초판 1쇄 인쇄 2021년 7월 13일
초판 1쇄 발행 2021년 7월 27일

지은이 박정수
발행인 오영배
편집 편집부
일러스트 엑저
본문 디자인 오정인
제작 조하늬

펴낸 곳 (주)삼양출판사 · 드림북스
주소 서울시 강북구 도봉로 173
대표 전화 02-980-2112 **팩스** 02-983-0660
편집부 전화 02-987-9393 **팩스** 02-980-2115
블로그 blog.naver.com/dreambookss
출판등록 1999년 3월 11일 제9-00046호

ISBN 979-11-283-7008-3 (04810) / 979-11-283-9403-4 (세트)

+ 이 도서의 국립중앙도서관 출판시도서목록(CIP)은 서지정보유통지원시스템홈페이지(http://seoji.nl.go.kr)와 국가자료종합목록 구축시스템(http://kolis-net.nl.go.kr)에서 이용하실 수 있습니다.

신화의 전장

20

MODERN FANTASY STORY & ADVENTURE

박정수 현대판타지 장편소설

dream books
드림북스

목차

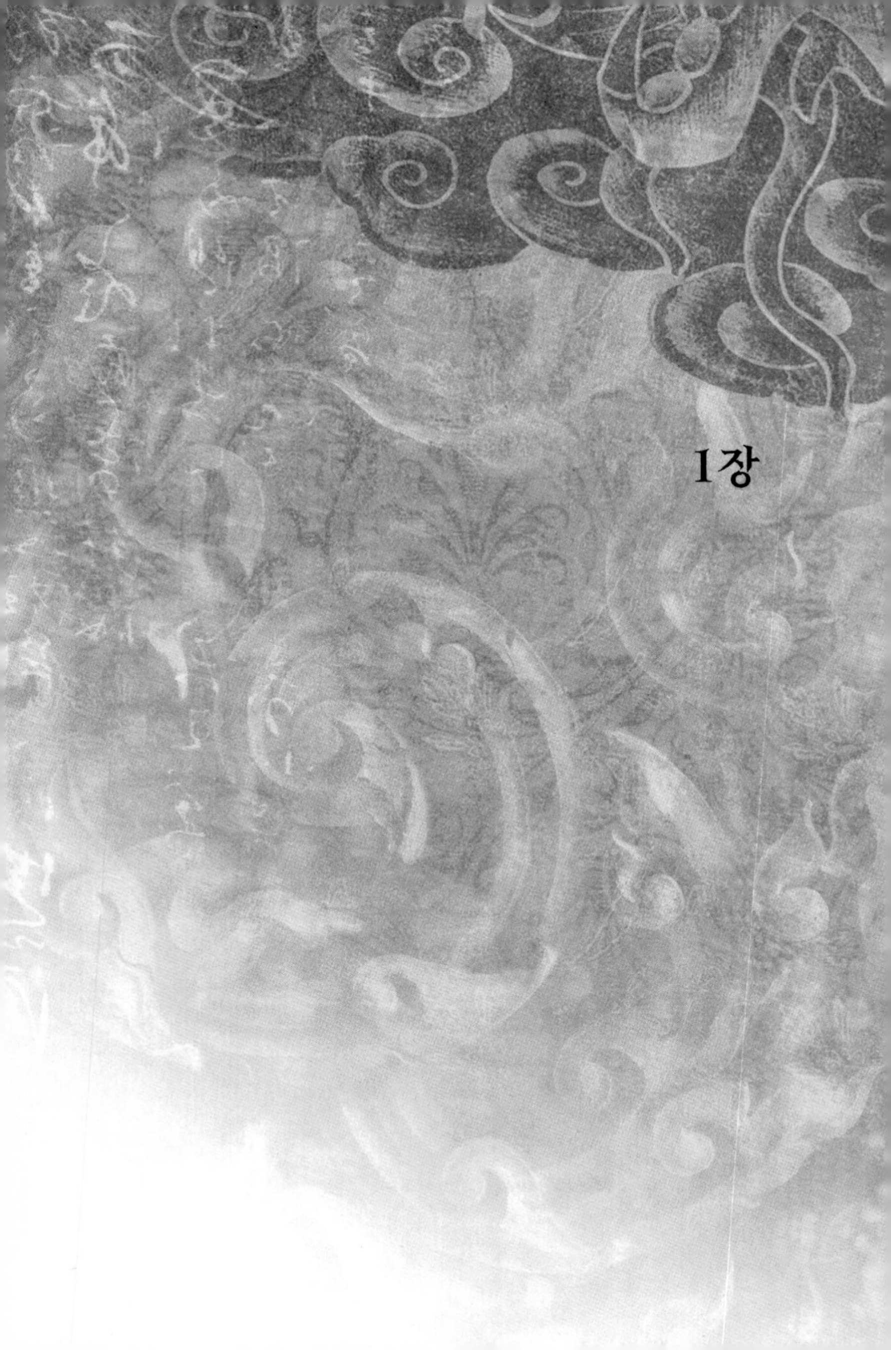

1장

다섯 인물이 안으로 들어왔다.

"……?"

그들을 향한 박현의 눈동자에 이채가 어렸다.

모습은 인간이었지만, 아니 순수한 인간도 있었지만, 그들은 인간에게서는 느껴질 수 없는 기운을 풍기고 있었다.

'흠.'

박현은 여러 인종의 모습을 하고 있는 이들을 하나하나씩 눈으로 훑었다.

《영연방의 신들이네.》

투룰이 그들을 소개했다.

영국을 해가 지지 않는 나라로 지탱해주는 땅.

그 땅의 신들.

그 신을 받아들인 인간들.

"먼 길 오느라 다들 고생했네."

레드는 격식에 맞춰 그들을 반겼다.

"여황 폐하를 뵈옵니다."

"여황 폐하를 뵈옵니다."

"여황 폐하를 뵈옵니다."

다섯의 신들도 격식에 맞춰 인사를 올렸다.

"왔나?"

피닉스도 그들을 잘 아는지 인사를 건넸다.

박현의 시선은 피닉스가 가장 먼저 인사를 건네는, 미국을 상징하는 청바지에 가죽점퍼를 입은 인디언에게로 향했다.

인디언 족.

'인간?'

인간임이 분명했으나.

'신?'

신이기도 하였다.

'묘하군.'

그가 내뿜는 기운은 말 그대로 기묘하기 짝이 없었다.

그리고 그런 기운을 박현은 느낀 적이 있었다.

강신(降神), 그리고 접신(接神).

인간의 육신에 신이 깃든, 마치 조완희가 관성제군의 힘을 빌었을 때 딱 그 느낌이었다.

다른 점이 있다면.

'신이 인간의 육신을 강탈한 것인가? 아니면 인간이 육신을 내어준 것인가?'

조완희가 강신을 해 접신을 이룰 때에도 확연히 신과 혼은 분리되어 있었다.

하지만 인디언은 달랐다.

예를 들어 신이 백(白)이라 하고, 인간의 혼을 흑(黑)이라 했을 때, 두 색 사이에 명확한 경계선이 없었다. 마치 백에서 흑으로, 혹은 흑에서 백으로 그러데이션(gradation)을 이루듯 섞여 경계가 없었다.

'반신.'

신도 아니요, 인간도 아닌 모습이었다.

"……?"

박현의 시선을 느낀 듯 인디언이 고개를 돌려 눈을 마주했다.

“……!”

박현의 기운을 본능적으로 느낀 인디언의 눈동자가 파르르 떨렸다.

“태…….”

인디언이 ‘양’ 자를 꺼내기 전에 피닉스가 말을 꺼냈다.

“어. 인사하지. 조용한 아침의 나라에서 온 까마귀일세. 그것도 다리가 셋이지. 중간 다리가 얼마나…….”

“야!”

레드의 매서운 목소리가 피닉스의 귀에 꽂혔다.

“웁스(Oops)!”

피닉스는 과장되게 놀란 표정을 지었다.

“내 누누이 말했지? 때와 장소를 가리라고.”

“그렇다고 하는군.”

피닉스는 능글맞은 표정으로 레드의 잔소리를 흘려넘겼다.

“삼족오라고 하지.”

어찌 되었든 피닉스의 소개에 인디언은 박현에게로 한 걸음 다가가 섰다.

박현도 그에 맞춰 자리에서 일어나 손을 건넸다.

“박현이라 하오.”

“황토의 위대한 정령이오.”

인디언도 악수를 받아들이며 자신을 소개했다.
"마이클."
그런데 이번에도 피닉스의 목소리가 툭 끼어들었다.
"영어식 이름이야."
박현은 천방지축 피닉스의 가벼움에 피식 웃었다.
"어떤 이름이 편한가?"
"황토……, 휴우~ 마이클이라 부르시오."
인디언은 피닉스의 능글맞은 눈빛에 한숨을 쉬며 말했다.

"헨리요."
전형적인 유럽 백인이 다가와 굵은 손을 내밀었다.
"몰타 기사단 단장이야."
레드가 그를 소개했다.
그는 황토의 위대한 정령과는 또 다른 느낌이었다.
황토의 위대한 정령, 마이클이 신에게 자신의 육신을 바쳐 신에 가깝다면, 몰타기사단장 헨리는 그보다는 인간에 좀 더 가까웠다.
"동시에 신에게 자신을 바친 신성기사이지."
레드의 부연에 이해가 되었다.
마이클이 자신의 육체를 그의 신에게 주었다면, 헨리는

자신의 육신에 신을 받아들인 것이었다.

어찌 보면 같아 보이지만, 주체가 누구냐에 따라 달리 여길 수도 있었다.

즉 현재, 박현이 대화하는 마이클의 주체가 그들의 신 정령이었다면, 헨리는 바로 그 자신이었기 때문이었다.

둘 다 신을 받아들였지만, 그 방식은 달랐다.

"아스프(Asp)[1]."

묵빛 피부를 가진 장신의 흑인이 자신을 소개했다.

"앞에 미세스(Mrs)를 붙여서 그녀를 부르면 돼."

"미세스?"

"그녀의 남편의 이름도 아스프거든."

그냥 짝을 지으며 성을 함께 나누는가 싶었지만.

"남매이자, 짝이며 평생을 함께하는 둘이야."

"박현이오."

레드의 소개를 들으며 그에게 악수를 건넸다.

"리사와 마우[2]의 아들과 딸들이다."

"들?"

"아프리카 어디든 아스프가 있다. 그들이 곧 나요, 내가 곧 그들이다."

일족은 아마 하나의 의식을 공유하는 모양이었다.

"그 또한 나이다."

박현은 그와 악수를 한 뒤 사내 못지않은 우람한 체격의 중년 여인을 맞이했다.

커다란 얼굴, 두터운 목.

떡 벌어진 어깨.

그리고 특유의 기하학적 문신.

전형적인 마오리족 여인이 박현 앞에 섰다.

"무지개[3] 아이들을 대표해서 인사할게요. 언구르[4]라고 해요."

그녀는 우람한 체격과 달리 인자해 보이는 부드러운 미소로 인사를 건넸다.

"박현입니다."

그리고 마지막 일인.

"가루다[5]."

퉁명스럽게 자신을 소개한 이는 전형적인 남부아시아인의 외모를 하고 있었다.

매우 짙은 구릿빛 피부, 송충이처럼 짙은 눈썹에 부리부리한 눈매까지.

그는 깡말랐지만 잔근육이 꿈틀거리는 손을 뻗어 악수를 청했다.

"반갑소."

박현은 그의 손을 맞잡았다.

*　　*　　*

5대륙의 신들이 레드의 명에 모였다.

물론 5대륙의 모든 신들이 레드의 명에 따르지 않는다.

또한 그녀의 명에 모인 신들 역시 천외천이기는 허나 드래곤을 상대하기에는 역부족이기는 하다.

하지만.

그럼에도 레드가 가진 힘은 강대하다.

비록 그녀가 가진 힘은 피닉스나 옐로우에 비해 약하지만, 그들보다 강한 이유가 바로 저것이리라.

태양이 지지 않는 자신의 영토.

그리고 스스로 세운 성(城).

이게 그녀가 가진 진정한 힘이었다.

'레드…….'

박현은 그들의 중심에 서 있는 레드를 바라보았다.

*　　*　　*

인간이든.
신이든.
모이면 말이 많아지고, 소란이 인다.

"새로이 영연방에 가입하는 신입니까?"
가루다가 박현을 힐끔 쳐다보며 물었다.
인사를 나누기는 했지만, 왜 박현이 이 자리에 있는지는 몰랐기 때문이었다.
"보아하니 동아시아 쪽인데, 어느 영토를 가지고 있는지요?"
아무래도 같은 아시아 쪽이라 그런지 가장 신경이 많이 쓰이는 모양이었다.
"아니."
레드는 그 물음에 고개를 저었다.
"나와 동등한 동맹이다."
그 말에 가루다의 눈이 부릅떠졌다.
"말이 되지 않습니다!"

가루다는 박현을 노려보며 말했다.

은은하지만 노골적인, 경계심과 적개심이 뒤섞인 기세에 박현은 피식 웃음을 터트렸다.

"불만은 표하는 건 뭐라 하지 않겠지만 선은 넘지 마라."

그리고는 경고를 날렸다.

"본인은 그리 너그럽지가 않아."

그 경고에 가루다가 자리에서 일어나 박현을 내려다보았다.

"뭐?"

"둘."

박현이 검지와 중지를 펼쳐 숫자 2를 만들어냈다.

"……?"

"본인에게 3번의 경고는 없어."

팡!

그 말이 끝나기가 무섭게 가루다에게서 기운이 폭발했다.

* * *

"다시 지껄여 봐."

가루다는 으르렁거리며 기운을 폭사시켜 박현을 압박했다.

"이거 참."

박현은 거센 기운의 압박을 흘리며 레드를 쳐다보았다.

"미리 말하는데, 내 잘못이 아니야."

"쯧."

레드는 못마땅한 눈빛으로 가루다를 일견하고는 혀를 찼다.

"적당히 해."

마지못한 허락.

드르륵—

박현은 의자를 뒤로 밀며 자리에서 일어나 가루다와 눈을 마주했다.

후아아악!

박현의 몸에서 은은하게 흘러나온 황금빛 기운은 가루다의 거센 기운을 부드럽게 밀어냈다.

"이익!"

너무나도 쉽게 자신의 기운이 밀리자, 악에 받친 듯 가루다는 좀 더 기운을 끌어올려 박현을 다시 눌러 갔다.

하지만.

그런 힘 따위는 아무런 장애도 되지 않는 듯, 박현의 기운은 서서히 커져 가루다 눈앞에서 딱 멈췄다.

"캬하아—."

가루다의 입에서 날카로운 울음이 흘러나왔다.

비단 울음만 흘러나온 게 아니었다.

부리가 솟아났고, 손에서 날카로운 손톱이 자라났다.

지지직—

상의가 찢어지며 날개가 모습을 드러냈다.

"나라면 안 그럴 텐데."

피닉스.

장난기 가득했지만, 동시에 말 한 마디 한 마디가 무거운 피닉스의 말이었기에 가루다는 순간 움찔거렸다.

하지만 이미 칼을 뽑았다면 뽑은 상황.

"어이, 미스터 박. 살살 다뤄줘. 우리 달링이 너무 상심하지 않게."

"풉."

이 상황과 너무나도 어울리지 않는 말에 박현은 그만 잔웃음을 내뱉고 말았다.

그 웃음은 가루다의 신경을 여실히 건드리고 말았다.

"캬하아아악!"

가루다는 신의 울음을 터트리며 크게 날개를 활짝 펼쳤다.

펑—

그는 공기를 터트릴 듯 날갯짓 한 번으로 몸을 띄워 날카로운 발톱으로 박현의 얼굴을 찍어갔다.

그 순간 박현의 눈동자가 황금색으로 물들었다.

"……!"

기이할 정도로 섬뜩함이 느껴지자 가루다는 흠칫거렸다.

"이익!"

가루다는 순간 자신이 겁을 먹었음을 깨닫자 이를 꽉 깨물며 박현의 얼굴을 할퀴어갔다.

팡!

동시에 박현이 발로 땅을 밟았다.

기운이 울리며 박현의 신형이 그 자리에서 사라졌다.

축지.

꽤애애액—

날카로운 발톱이 박현이 사라진 곳을 허무하게 할퀴고 지나갔다.

"……!"

마법처럼 박현이 눈앞에서 사라지자, 가루다는 재빨리 주변을 빠르게 살폈다.

없었다.

아니 있었다.

아니.

그가 바로 눈앞에 다시 나타난 것이었다.

바로 눈앞에.

"헙!"

가루다는 갑작스럽게 박현이 눈앞에 나타나자 재빨리 날개를 저어 뒤로 물러나려 했다.

하지만.

후욱—

커다란 날갯짓으로 뒤로 물러나던 몸이 마치 블랙홀에 빨려 들어가듯 박현 앞으로 쭉 끌려갔다.

그리고 그는 보았다.

입꼬리를 말아 올려 히죽 웃고 있는 박현의 조소를.

"죽엇!"

가루다는 발악하듯 외치며 날카로운 손톱을 휘둘렀다.

쐐애애애액!

가루다의 손톱이 박현을 갈랐다.

하지만 손톱에 걸리는 건 없었다.

눈앞에서 자신의 손톱에 갈라진 박현의 신형은 픽— 꺼지는 촛불처럼 그 자리에서 사라졌다.

그리고 다시 그의 눈앞에 박현이 모습을 드러냈다.

"언제까지 재……."

퍽!

박현의 신형이 가루다의 손톱에 찢어졌다.

"재주를 부릴……."

퍽!

"참인가?"

퍽!

"위압."

퍽!

"도 없고."

퍽!

"재미도 없."

퍽!

"고."

퍽!

"고작 이 정도로 본인을 놀렸단 말인가!"

박현은 목소리에 신력을 담아 소리쳤다.

"으아악! 으악!"

박현에게 기가 눌린 가루다는 미친놈처럼 소리를 지르며 박현을 향해 손톱을 마구 휘둘렀다. 그렇게 가루다는 박현의 신형을 베고, 또 베었다.

하지만 베지 못했다.

* * *

"호오."

피닉스는 박현과 가루다의 일방적인 싸움을 보며 흥미진진한 표정을 지었다.

"재미난 마법이군."

레드도 흥미로운 눈빛으로 그 싸움을 지켜보고 있었다.

"마법보다는 초능력에 더 가까워 보이는데."

피닉스는 공간을 접어 넘나드는 박현을 바라보고 있었다.

"기가 막히는군. 공간을 여러 겹으로 접어 현란함을 넣었어."

레드의 말에 피닉스는 고개를 끄덕였다.

그 싸움을 지켜보는 이는 피닉스와 레드만이 아니었다.

"흠."

누군가는 진중한 눈빛으로.

"호오!"

누군가는 흥미로운 눈으로 바라보고 있었다.

비록 레드의 그늘 아래에 있다지만 한때는 자신들의 영토와 그 인근을 지배했던 패자들이었다.

또한 하늘에 닿은 천외천들이었다.

당연히 박현의 축지를, 피닉스와 레드만큼 꿰뚫어보지는 못했지만 그 결은 충분히 보고 있었다.

"오늘 가루다가 망신을 톡톡히 당하겠어. 불쌍해서 어쩌누."

푸근한 인상의 마오리족의 어머니, 언구르가 안쓰러운 눈으로 가루다를 쳐다보았다.

"자업자득이다."

꼬장꼬장한 인상의 황토의 위대한 정령, 마이클이 빈정거렸다.

"마음 좀 곱게 써요. 너그러움의 대명사인 인디언족의 추장의 마음 씀씀이가 이래서야."

언구르가 마이클을 흘겨보았다.

"큼!"

마이클은 무안함에 헛기침을 삼켰다.

"그나저나, 아시아에 태양이 떴군요."

언구르의 말에 마이클은 묵묵히 고개를 끄덕였다.

그리고.

"어찌 보나?"

몰타기사단장 헨리가 굳은 눈으로 박현의 신형을 쫓으며 물었다.

"위대하다."

아스프 특유의 말투가 영 적응이 안 되는지 헨리는 눈가가 살짝 찌푸려졌다.

"무엇이?"

"그는 위대하다."

"그러니까 왜?"

하지만 아스프를 대하는 게 하루 이틀도 아니니 헨리는 익숙하게 말을 몇 번이나 풀어가며 물었다.

"태양."

"태……양?"

헨리는 황당해하며 물었다.

하지만 아스프는 더는 입을 열지 않았다.

오로지 박현의 신형만 눈으로 쫓을 뿐이었다.

답답함에 헨리는 자리에서 일어나 투룰에게로 다가갔다.

"오랜만이오."

"잘 지내셨소?"

안면이 있었기에 둘은 가볍게 인사를 나눴다.

"뭐가 궁금해서 무거운 엉덩이를 움직이신 거요?"
투룰은 궁금해서 못 참겠다는 헨리의 표정을 읽어냈다.
"아스프가 말하길, 저……."
헨리는 마땅한 호칭을 찾지 못해 잠시 머뭇거렸다.
"어쨌든, 태양이라 하더이다."
"태양?"
"아스프가 태양이라 했소."
"하하, 하하하."
그 말을 들은 투룰은 웃음을 삼켰다.
"……?"
당연히 헨리는 의아하게 투룰을 쳐다보았다.
"과연 아스프의 통찰력은 여전하군요."
"답답함은 아스프, 저치만으로 족하오."
헨리의 말에 투룰은 천천히 입을 열었다.
"삼족오."
"……?"
"예로부터 삼족오는 태양에서 태어나 태양으로 자란다 하였소. 그래서 태양인 게요."
"그 말은……."
"힘의 원천이 바로 태양입니다."
"흠."

헨리는 팔짱을 끼며 박현과 가루다를 쳐다보았다.

콰앙!

박현은 가루다의 목을 움켜잡은 채 그를 바닥에 처박았다.

"끄윽!"

가루다가 고통에 찬 신음을 삼키며 박현을 올려다보았다.

까드득—

박현을 노려보는 가루다의 눈에 독기가 가득 찰 때였다.

"진신은 꺼내지 마라."

"이, 이!"

"그 순간, 진짜 너는 죽어."

박현은 가루다의 목을 풀어주며 몸을 세웠다.

"죽고 싶으면 해 보든가."

박현은 몸을 돌렸다.

"아, 참."

그러더니 고개를 돌려 가루다를 내려다보았다.

"그대가 불사의 존재라고 하던데, 궁금하기는 하군. 과연 죽지 않는 존재인지."

박현은 가루다를 바라보며 입술을 말아올렸다.

*용어

1) 아스프(Asp): 코브라와 매우 닮았으며, 신비한 눈빛으로 어떤 생물이든 잠을 재우게 만든다. 또한 아스프는 암수 한 쌍으로 누군가가 살해당하면 남은 짝은 어떤 대가를 치르던 반드시 복수를 한다고 한다.

2) 마우: 아프리카의 고대 신화 중 '폰족'의 신화에 등장하는 고대신이다. 창조신 니나 불루쿠가 태양의 아들 리사와 달의 딸 마우를 낳았다.

3) 무지개: 오스트레일리아 원주민들은 무지개 정령들을 숭배했다. 각 부족마다 믿는 무지개 정령들은 달랐으며, 그 종류와 형태도 매우 다양하다. 그 중 대표적인 형상이 뱀이다. 해서 무지개 정령들을 다른 말로 무지개 뱀이라고 부르기도 한다.

4) 언구르: 아불리니지의 부족들이 믿는 무지개 정령이며, 고대 신화에 등장하는 신이기도 하다. 또한 바다 밖에 없는 먼 옛날 바다 밑에서 탄생한 최초의 정령이자 무지개 정령들의 어머니이기도 하다.

5) 가루다: Garuda, 음역을 통해 '가루라(伽樓羅)'라고 소개된 적도 있다. 새의 왕이라 불리는 가루다는

매의 머리와 부리, 날개, 다리와 발톱을 가지고 있으며, 하얀 얼굴에 붉은 날개를 가지고 있으며, 몸통은 금빛으로 반인반조(伴人伴鳥)의 모습을 하고 있다. 힌두의 신 비슈누와의 계약을 통해 영생을 얻는 대신 그를 태우고 다닌다 한다. 그리고 그는 뱀의 신인 '나가'를 잡아먹는다 한다.

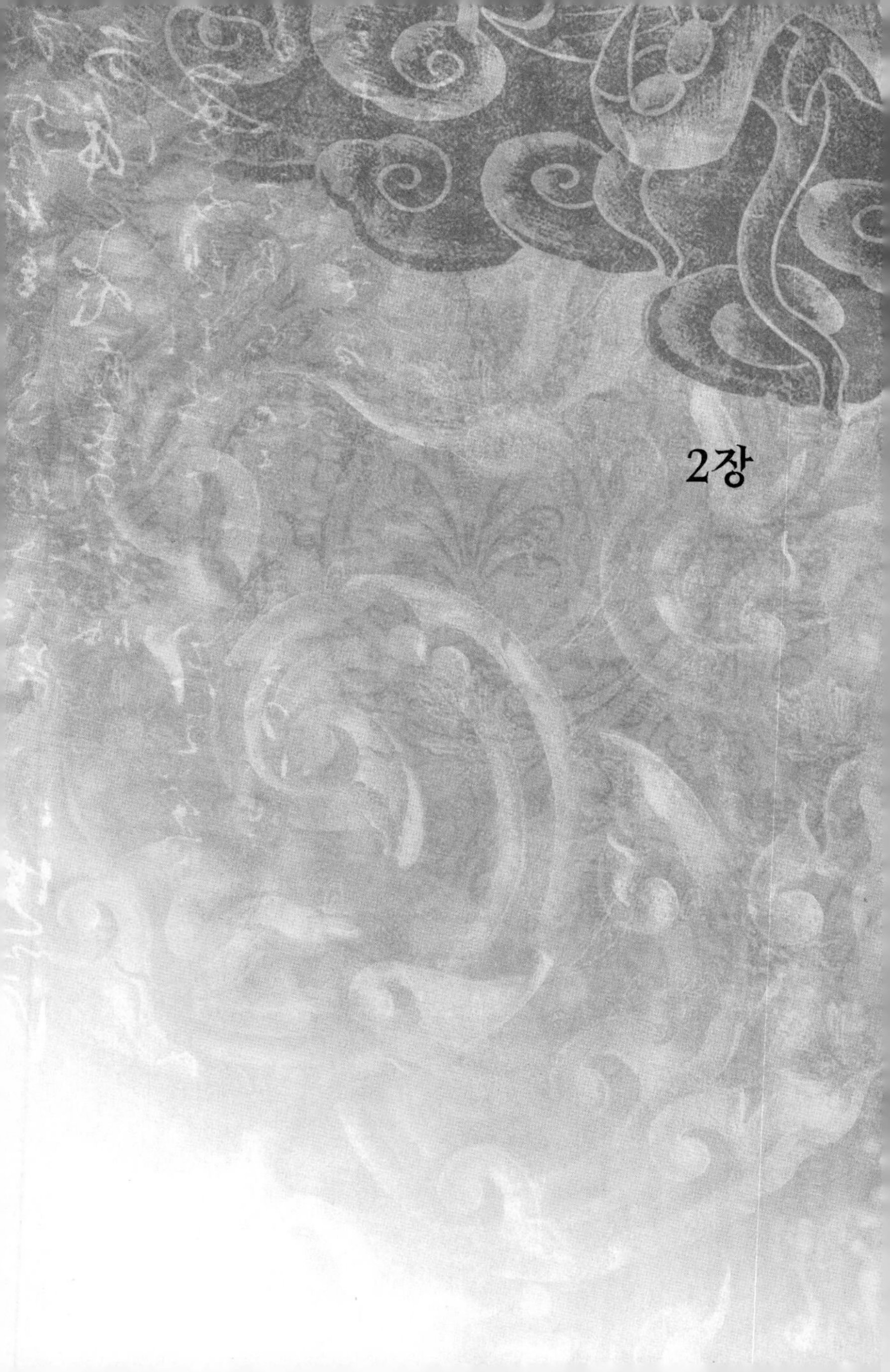

2장

콸콸콸—

가루다는 위스키를 병째 들어 입안으로 퍼붓다시피 마시고 있었다.

병이 거의 비어갈 때쯤 가루다는 조용히 각자 술을 즐기고 있는 네 명의 신들을 빤히 쳐다보았다.

당연히 짧게 시선이 마주쳤다.

별 의미 없는 시선이었지만, 가루다는 아닌 모양이었다.

탕!

"왜? 내 모습이 우습나?"

가루다는 위스키병을 내려놓으며 고슴도치처럼 가시를

잔뜩 세웠다.

"누가 우습다고 그랬다고. 왜 이렇게 꼬였나?"

황토의 위대한 정령, 마이클이 미간에 깊은 주름을 만들며 위스키 잔을 내려놓았다.

"분명 나를 바라보며 비웃었잖아."

"허어—."

가루다의 말도 안 되는 시비에 마이클은 그저 어이없는 한숨만 내쉴 뿐이었다.

"가루다."

언구르가 자상한 목소리로 그를 불렀다.

"아무도 그대를 업신여기지 않아."

마치 엄마가 아이를 자상하게 타이르듯 말했다.

"또 그렇게 자책할 일도 아니야. 그는 여황과 동등한 신이니까. 그러니……."

퍼석— 파장창창—

가루다는 위스키 병을 꽉 쥐었다가 벽에 집어던져 버렸다.

"씨발."

그리고는 나직하게 욕을 내뱉으며 방을 빠져나가 버렸다.

"휴우—."

그 모습에 언구르가 고개를 저으며 한숨을 내쉬었다.
"냅둬. 원래 자존심은 하늘을 뚫고 올라갈 정도인 놈이니."
"그러니 그 속이 어떨지. 하아—."
"언구르."
마이클이 언구르를 불렀다.
"그대는 가루다의 엄마가 아니다."
"누가 뭐라 했어? 그래도 안쓰러운 건 안쓰러운 거야."
"쯧쯧."
마이클은 걱정 가득한 얼굴을 하며 가루다가 나간 방문을 쳐다보는 언구르에 고개를 절레절레 저었다.
"사고나 치지 않았으면 좋겠군."
중얼거리던 마이클은 아스프와 몰타기사단장 헨리와 눈이 마주쳤다.
헨리는 어깨만 으쓱 들어 보일 뿐이었고,
"나는 관심 없다."
아스프는 아예 관심을 두지 않았다.

*　　*　　*

"젠장."

가루다는 애꿎은 들풀을 발로 짓밟으며 화를 삭이고 있었다.

"……?"

그러다 낯선 인기척에 가루다는 달빛이 가려진 곳을 쳐다보았다.

"……!"

그곳에 투룰이 서 있었다.

가루다의 눈은 적개심으로 가득 차 있었다.

"그리 보지 마시오. 내가 서 있는 곳에 그대가 온 것이니."

투룰이 부드럽게 다가섰지만 가루다의 적개심은 풀리지 않았다.

"할 말이라도 있는 건가?"

가루다의 삐딱한 목소리에 투룰은 고개를 저었다.

"없네."

"……?"

"그냥 눈이 마주쳤고, 그냥 몸을 돌리기는 너무 어색하지 않은가?"

"흥!"

가루다는 콧방귀를 뀌며 고개를 홱 돌렸다.

'휴우―.'

투룰은 몸을 돌리다가 다시 가루다를 쳐다보았다.

"가루다."

"뭐지?"

상당히 신경질적인 목소리가 돌아왔다.

"그대가 어떤 마음을 먹는지는 내 알 바가 아니나, 내 형제에게는 그런 모습 보이지 마시게."

"이익!"

그 말이 자존심을 건드린 듯 가루다는 눈에 핏발을 한껏 드리우며 투룰을 노려보았다.

"그러다 진짜 죽어. 농으로 받아들이지 마시게."

그 말을 끝으로 투룰은 자리를 피했다.

"빌어먹을! 빌어먹을!"

가루다는 홀로 씩씩거리며 거친 숨을 몰아쉬었다.

'기필코 죽인다! 내 너를 기필코 죽여 버릴 테다!'

가루다의 눈에서 시퍼런 살기가 피어났다.

* * *

"흐음."

2층 응접실에서 그 모습을 내려다보며 박현은 묘한 콧소리를 냈다.

"뭐 재미난 일이라도 있는가?"

피닉스가 곁으로 다가왔다.

당연히 그 역시 창문 아래로 홀로 화를 삭이는 가루다를 볼 수 있었다.

"하?"

그 모습에 피닉스는 기도 안 찬다는 듯한 표정을 지었다.

"이래서 인간이든 신이든 분수를 알아야 하는 건데. 어쩔 참인가?"

피닉스는 박현을 슬쩍 쳐다보았다.

"본인은 생각보다 너그럽다네."

"그냥 둘 참인가?"

피닉스는 이해하지 못하겠다는 듯 박현을 쳐다보았다.

"지금으로서는 가만있어도 될 거 같은데."

박현은 가루다를 내려다보며 조소를 머금었다.

"하하하하!"

박현의 능청스러운 말에 피닉스는 웃음을 터트렸다.

"레드에게는 비밀로 해주겠지?"

"대신 죽이지는 말게. 레드가 슬퍼할지도 모르니."

진지한 목소리에 박현이 피닉스를 쳐다보자, 피닉스는 우울한 표정을 짓고 있었다.

“레드에게 시달려보면 알 걸세. 차라리 죽고 싶다는 것을.”

“푸하하하하하!”

피닉스의 죽을상에 박현은 큰 웃음을 터트렸다.

그렇게 밤이 지나갔다.

*　　*　　*

♪～♩ ♪～♩ ♬～

스마트폰이 울렸다.

+82 라는 숫자가 앞에 적힌 것을 보니 한국에서 걸려온 전화였다.

“예.”

《현이냐?》

안필현이었다.

“오랜만입니다, 사수.”

박현은 반가운 목소리로 전화를 받았다.

《너 다시 복직 좀 하면 안 되겠냐?》

“예?”

안필현의 말에 박현이 놀라 커진 목소리로 반문했다.

《요즘 인천 쪽이 심상치 않아.》

"인천이라 하시면……."

《차이나타운. 구로 쪽도 그렇고. 요즘 미해결사건이 급증하고 있어.》

"이면입니까?"

《그런 거 같다.》

용생구자.

그들이 움직이기 시작한 모양이었다.

"검계는요?"

이면의 질서는 예전부터 검계가 맡아왔었다.

《사실 검계주와 오성식 차장과 상의한 끝에 네게 전화를 한 거다.》

"그만큼 안 좋은 겁니까?"

《아직은 감당할 만하지만, 불안하지. 비록 용왕께서 든든히 지키고 있다지만, 상대는 용생구자가 아니냐? 그러니 네가 든든히 지켜주었으면 하는 거다.》

말은 저렇게 했어도 용왕 문무의 성격상 적극적으로 움직이지는 않을 것이 분명했다.

"지금 돌아가겠습니다."

《그럼 자리를 만들어보마.》

"예."

《언제로 약속을 잡으면 편할까?》

"그럼 한 시간 후에 볼까요?"

《한 시간? 그것도 나쁘지 않겠다. 그리……..》

"……?"

《너 해외에 있는 거 아니었냐?》

"네, 지금 런던입니다."

《아차차차! 실수다, 실수. 아직도 널 평범한 인간으로 착각하고 있으니. 그래, 한 시간 후에 보자. 장소 잡히면 문자 주마.》

박현은 전화를 끊으며 자리에서 일어났다.

"그럼 집으로 돌아가 볼까?"

박현은 그 자리에서 축지를 밟으며 사라졌다.

* * *

검계.

계주실에 네 명의 사내가 자리하고 있었다.

이 방의 주인인 검계주 윤석.

이 자리를 주선한 안필현 대장.

그리고 국정원 오성식 차장과.

박현이었다.

“다들 오랜만입니다.”

가볍게 인사를 주고받았다.

“……저 박현 님.”

오성식 차장이 조심스럽게 박현을 불렀다.

“오 차장, 제가 이야기를 하죠.”

“……감사합니다.”

안필현이 나서자 오성식은 슬쩍 고마움을 표했다.

“……?”

박현은 의아한 눈으로 오성식과 안필현을 쳐다보았다.

“사실 너를 보고 싶어하는 이가 한 명 더 있어.”

그 말에 박현의 시선이 문밖으로 향했다.

“어인 일로 검계에 일반인이 있나 했더니. 누굽니까?”

이 자리에 앉을 만큼 지위가 있다는 말.

“국정원장.”

“국정원장?”

박현의 반문에 안필현이 고개를 끄덕였다.

“중요한 일이 있으니 불렀겠죠. 들어오라고 하세요.”

박현의 허락이 떨어지자, 오성식이 재빨리 밖으로 나가 흰머리가 희끗한 이를 데리고 안으로 들어왔다.

“처음 뵙겠네, 나 국정원장 황창석이라 하네.”

그는 박현을 보며 손을 뻗었다.

그 순간, 그의 뒤에 서 있던 오성식의 턱이 아래로 툭 떨어졌다.

“흠.”

뜨헉! 하는 분위기에 검계주 윤석은 침음을.

“하아—.”

안필현은 이마를 탁 치며 한숨을 내쉬었다.

그 분위기를 읽지 못한 국정원장 황창석은 자신의 손을 물끄러미 쳐다보았다.

“젊은 친구가…….”

“원장님!”

결국 오성식이 재빨리 그를 뒤로 잡아당겼다.

“오 차장, 지금 이게 무슨 짓인가?”

뒤로 밀린 황창석이 오성식을 엄히 꾸짖었다.

“원장님, 제발…….”

오성식은 박현의 눈치를 살피며 최대한 목소리를 죽여 국정원장에게 온갖 눈치를 보냈다.

“이 사람이!”

하지만 눈치가 없는지, 아니면 그 자리가 눈치를 없앤 것인지.

"원장님!"

결국 오성식은 황창석을 향해 소리를 버럭 질렀다.

"오성식 차장! 지금 무슨 추태인가? 어?"

결국 황창석은 목소리를 키우고 말았다.

황당하다 못해 기절하기 직전인 오성식은 그저 어버버 하는 사이, 안필현이 자리에서 일어났다.

"아, 자네가…… 경찰청 특수……."

황창석이 안필현을 낮게 보며 막 알은체를 하려는 그 때.

탕!

"야, 황창석이."

검계주 윤석이 탁자를 손바닥으로 내려쳤다.

"계, 계주."

황창석은 지금까지와 달리 윤석을 어려워하는 모습이었다.

화아아아—

윤석은 기운을 일으켜 황창석의 어깨를 지그시 눌렀다.

"껍. 꺼어—."

그 기운에 황창석은 잔 경련을 떨며 이마에 식은땀이 또르르 맺혔다.

"국정원장 자리에 앉으니까 세상이 만만해 보이냐?"

"……죄, 죄송합니다."

황창석은 부들부들 떠는 몸을 힘겹게 들어 얼굴에 난 땀을 소매로 대충 훑었다.

"하아—."

윤석은 그런 황창석을 지그시 노려보다 한숨을 푹 내쉬며 자리에서 일어났다.

"죄송합니다."

윤석은 박현을 향해 정중히 허리를 숙여 사과했다.

"계주께서 사과하실 일이 아닙니다."

그가 잘못한 건 없다.

잘못이 있다면 힘에 취해 장님처럼 앞을 보지 못한 저 국정원장이지.

"……!"

윤석이 박현에게 더할 나위 없이 정중하게 사과를 하자, 무언가 크게 잘못되었음을 느꼈다.

"이, 이게……, 대체……."

황창석은 낯빛이 허옇게 탈색된 채 안절부절못했다.

"어찌할까?"

윤석이 황창석을 눈으로 가리키며 물었다.

"계주께서 직접 나설 필요 있습니까?"

박현은 스마트폰을 꺼내 어디론가 전화를 걸었다.

"납니다."

"예."

서 상선은 용왕의 눈치를 살피며 조심스럽게 전화를 받았다.

"예? 아, 예."

서 상선은 허리를 펼 생각도 하지 못한 채 공손히 경청하며 대답했다.

"그리 전하겠습니다."

전화를 끊은 서 상선이 잰걸음으로 용왕 문무에게로 다가섰다.

"폐하."

"현이더냐?"

"……그러하옵니다."

"무슨 일이기에."

용왕 문무는 서 상선을 내려다보았다.

"그것이……."

* * *

♪~♩♪~♩♬~

전화 벨소리에 화들짝 놀란 국정원장 황창석이 재빨리 스마트폰을 꺼내들었다.

액정에 적힌 이름을 확인한 황창석은 화들짝 놀라고는 허리까지 반으로 접으며 조심스럽게 전화를 받았다.

"가, 각하! 각하께서 어쩐……."

"각하? 각하? 지금이 어느 때인데 그런 호칭을 쓰는 것이오! 어?"

쩌렁쩌렁한 목소리가 스마트폰에서 튀어나왔다.

"죄, 죄송합니다. 대, 대통령님."

"그나저나 당신, 지금 무슨 짓을 저지르고 있어요? 예? 도대체 무슨 짓을 저지르며 다니고 있냐고!"

"제, 제가 무슨……."

황창석은 비에 흠뻑 젖은 듯 온몸이 땀으로 덮였다.

"지금 어딥니까?"

"그게……."

"지금 묻잖아요! 지금 어딥니까?"

"검계에 와 있습니다."

"그걸 아는 사람이……, 하아—."

"……."

"당장 청와대로 들어오세요! 당장!"

"예, 옙! 각하……."

"그놈의 각하, 각하! 지금이 쌍팔년도입니까?"

"아, 아닙니다!"

"지금 당장 들어오세요."

"예, 대통령님."

"그리고, 박현 님 바꾸세요."

"누, 누구를……."

황창석은 주변을 둘러보며 박현이란 이름을 떠올렸다.

하지만 그의 머릿속에 그런 이름은 없었다.

아니, 그 이름을 가질 이는 한 명 있었다.

하대하며 악수를 청했던 젊은 청년.

"전화."

박현은 팔만 슬쩍 들어 손을 까딱거렸다.

이 정도면 아무리 눈치가 없어도, 이 사건의 발단이 누군지 알 수 있었다.

그리고 감히 자신이 어찌할 수 없는 이라는 것도.

"여, 여기……."

박현은 조금 전과 달리 부들부들 손까지 떨어가며 스마트폰을 건넸다.

"전화 받았습니다."

"이렇게 통화하는 건 처음이지요?"

구수한 목소리가 들려왔다.

"어쩌다 보니 그렇게 되었군요."

"이거 참, 면목이 없게 되었습니다."

"괜찮습니다, 대통령께서 잘못하신 것도 아니고."

"아닙니다, 아니에요. 제가 앉혔으니 제 잘못이 아주 없지 않지요."

"그리 생각하신다면 사과를 받겠습니다."

"우리 언제 한번 만나야 하지 않겠어요?"

"원하시면 조만간 청와대에 한 번 들리겠습니다."

"그래요. 내가 자리 탓하는 건 아니고, 그래도 하루 전에는 연락을 부탁할게요."

"그리하죠."

"……."

"그런데, 대통령님."

"하실 말씀이라도……."

대화가 끝날 줄 알았는데 박현이 그를 부르자, 대통령은 짧은 침묵 후에 답했다.

"아무래도 원장 자리가 비워지겠죠?"

"흠. 사람을 바꾸기는 할 거예요."

"괜찮은 이가 있는데 제가 천거를 해도 괜찮겠습니까?"

"……."

대통령의 침묵이 만들어졌다.

"아아! 외압은 아닙니다. 그저 한번 살펴보는 정도면 됩니다."

"그렇군요."

그리도 다시 이어진 침묵.

"좋아요, 좋습니다."

"진심입니다."

"그게 진심이라는 거, 나도 압니다. 그래도 우리 같은 일반인들에게는 상당한 압박으로 느껴지는군요."

과연 대통령은 대통령인가 보다.

어지간하면 좋게 넘어갈 것 같은데도, 그는 그의 뜻을 내비쳤다.

"이왕 말씀을 하셨으니, 누군가요?"

"안필현."

"안필현, 안필현. 내 기억하지요."

"그럼 들어가십시오."

"그래요, 조만간에 한번 봅시다."

전화를 끊은 박현은 스마트폰을 황창석에게 던졌다.

"오 차장."

"예."

"치워."

"예? 옙!"

오성식 차장은 황창석의 소매를 끌어당겼다.

"자, 잘못했습니다. 부디 용서를……."

황창석은 오성식의 손을 뿌리치더니 무릎을 꿇고 박현의 바짓가랑이를 잡고 늘어졌다.

쿵!

박현이 눈살을 찌푸리며 발을 가볍게 굴리자.

"으아— 으악!"

황창석은 뒤로 날아가 문밖으로 나가떨어졌다.

"그나저나, 거기서 왜 내 이름이 나오냐?"

그리고 안필현이 물었다.

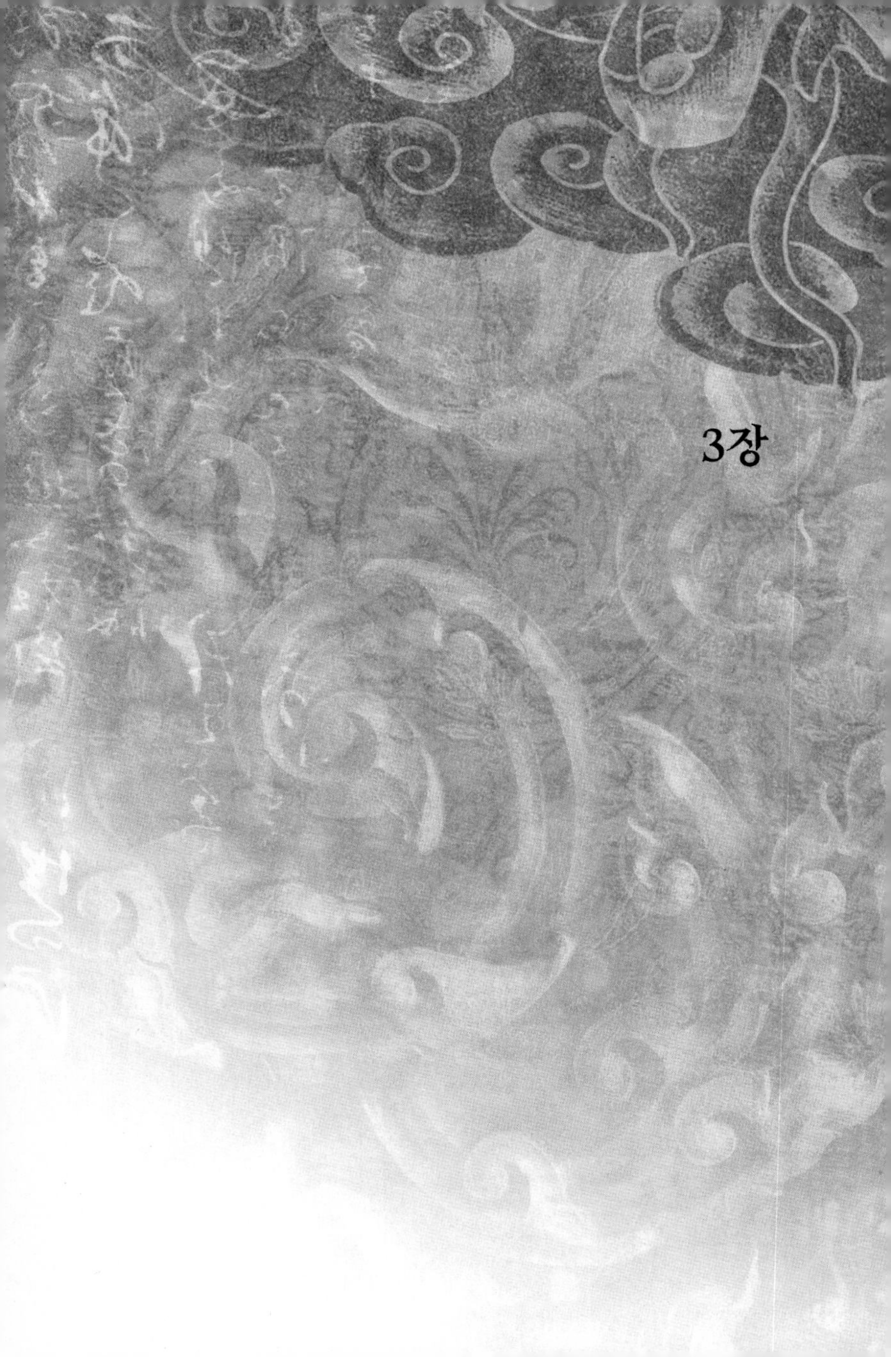

3장

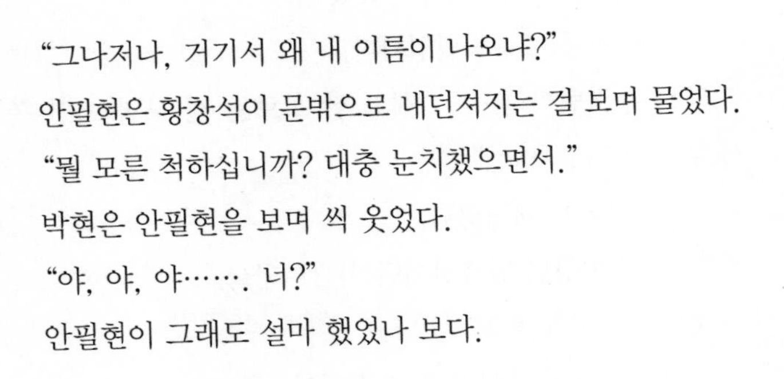

"그나저나, 거기서 왜 내 이름이 나오냐?"

안필현은 황창석이 문밖으로 내던져지는 걸 보며 물었다.

"뭘 모른 척하십니까? 대충 눈치챘으면서."

박현은 안필현을 보며 씩 웃었다.

"야, 야, 야……. 너?"

안필현이 그래도 설마 했었나 보다.

*　　*　　*

청와대 대통령 집무실.

"허허, 허허."

대통령은 전화기를 내려다보며 허탈한 웃음을 터트렸다.

"무슨 일이신데……."

비서실장이 물었다.

"안필현이란 사람 알아요?"

"안필현, 안필현……."

비서실장이 그 이름을 몇 번 되새겼지만 쉽게 떠오르지 않은 듯 고개를 갸웃거렸다.

"경찰청 본부 특수팀 팀장입니다."

민정수석이 비서실장을 대신해서 대답했다.

"경찰청에 특수팀이란 게 있었어요?"

"정확히는 특수무력팀입니다."

"특수무력팀이라……, 제가 잘 모르는 걸 보면 이면 쪽에 관련된 팀인가요?"

"그렇습니다, 대통령님."

"그곳의 팀장이 안필현이란 사람이군요."

대통령이 고개를 끄덕였다.

"혹시 그 사람도 이면 쪽 사람인가요?"

"아닙니다."

"그런데 어찌……."

"이걸 어찌 설명을 해드려야 할지."

민정수석은 손가락으로 이마를 긁었다.

“이 땅의 수호자가, 용왕 문무 외에 한 분 더 있는 거 아실 겁니다.”

“그럼요, 알지요. 그래서 제가 직접 전화를 한 거 아니에요.”

“안필현이란 친구가 그 수호자의 사수입니다.”

“사……, 뭐요?”

대통령은 순간 그의 말을 이해할 수 없다는 듯 되물었다.

*　　*　　*

“방금 봤죠?”

박현은 황창석이 나가떨어진 문 쪽을 가리켰다.

“정부랑 이어줄 파이프라인으로 저런 녀석이 또 올지도 모르잖아요.”

“그래서?”

“뭐가 그래서예요?”

박현이 안필현을 빤히 쳐다보았다.

그 눈빛에 안필현이 피식 웃음을 삼켰다.

“이제 사수를 마구 부려먹을 참이냐?”

“에이, 무슨 말을 그렇게 합니까?”

박현은 손사래를 쳤다.

"이제 승진도 하고, 영전도 하고……."

"승진이나 영전이나, 그 말이 그 말이다."

"뭐 어쨌든."

박현이 검계주 윤석을 가리켰다.

"계주도 좋아하잖아요."

"나도 찬성이요."

윤석도 빙그레 웃으며 박현의 뜻에 호응했다.

"이놈이나 저놈이나 하나같이 어깨에 힘이 들어가서는. 쯧."

그간 정부 쪽 사람이 마음에 썩 들지 않았던지 윤석은 혀를 한 번 찼다.

"그래서 꼭 한 번씩 힘자랑을 해야 했지. 무슨 조폭도 아니고."

"꽤나 귀찮았겠습니다."

"4년마다, 아니 정권이 전후반으로 나뉘니 2년마다 그 짓을 해보게. 안 귀찮아지나."

"하하하하."

윤석의 말에 박현이 피식 웃음을 터트렸다.

"그러니, 안 대장."

윤석이 안필현을 불렀다.

"당신이 맡아요."

윤석이 손가락으로 박현을 가리켰다.

"그리고, 우리 박현 님."

"……?"

"이렇게 나름 정겹게 대화를 나누지만, 알고 보면 그다지 인연이 깊지도 않습니다. 내일 당장 서로 검을 겨눠도 그다지 이상하지 않을 정도지요. 물론 중재를 해줄 위인이야 있다지만."

윤석이 탁자 위에 손을 얹으며 안필현을 쳐다보았다.

"굳이 박현 님의 말이 아니어도 나 역시 당신이 딱이란 생각이 드는군요."

* * *

"흐음—."

대통령은 손으로 턱을 쓰다듬었다.

며칠 면도를 하지 못해서 그런지 수염이 까끌까끌거렸다.

"적어도 얼토당토않은 인물은 아니었단 말이군요."

"아직 나이가 젊은 게 흠이지만, 장점도 많습니다."

"말씀해보세요."

"일단 삼족오와의 인연이 그 첫째이며, 검계의 계주와도 제법 괜찮은 사이입니다."

"검계까지?"

"과거 경기도지방경찰청 광역대를 맡으며 인연을 쌓은 뒤에도 상당 부분 협력하고 있습니다. 거기에 국정원 내 이면파트와도 상당히 친밀성을 유지하고 있습니다."

"흠."

대통령은 습관적으로 턱을 쓰다듬었다.

"용왕에 삼족오, 그리고 검계의 지지라."

대통령은 민정수석을 쳐다보았다.

"북쪽은 어떻습니까?"

국정원이라면 능히 북쪽까지 커버할 수 있어야 하는 법.

"모르긴 몰라도 북쪽과도 인연이 닿아 있을 겁니다."

"예?"

대통령은 저도 모르게 목소리를 높였다.

"부, 북이라니요?"

"북의 이면이 북성은 오래 전에 삼족오의 그늘에 들어갔습니다."

"하면……."

"만약 북쪽과의 인연이 없더라도, 그다지 크게 문제가 되지 않을 것 같습니다."

"이거 참."

대통령은 허탈한 웃음을 내뱉었다.

"얼토당토가 아니라 확실한 책임자로군."

대통령이 민정수석을 쳐다보았다.

"그런데 어찌 제가 몰랐나요?"

"보고를 올렸으면 대통령님께서 당장 임명하려 들었을 겁니다."

"당연한 거 아닙니까?"

"그러기에는 아직 젊습니다. 야당뿐만 아니라 여당에서도 상당한 반발이 튀어나올 겁니다."

민정수석의 말이 맞았다.

"지금은요?"

"위에서 허락했고, 검계에서도 좋다 하니 이제는 문제가 없을 겁니다."

"좋아요. 일단 그와 한번 만나죠."

"최대한 빠르게 날짜를 잡겠습니다."

대통령의 뜻이 굳어지자 비서실장이 빠르게 대답했다.

* * *

"하아—."

안필현은 손가락으로 목을 꽉 죄고 있던 넥타이를 풀며 숨을 내쉬었다.

"이거 참."

안필현은 머리를 벅벅 긁으며 손에 들린 임명장을 쳐다보았다.

국정원장에 임명한다.

미사여구를 섞어 길게 쓰여 있었지만 요약하면 이 말이었다.

"쩝."

안필현은 입맛을 다시며 품에서 담배 하나를 꺼내 입에 물었다.

그리고 담배에 불을 붙이려다.

"아차차!"

아직 청와대 경내임을 자각하고는 재빨리 담배를 떼려는 때였다.

칙-

자그만 불꽃이 그의 눈앞에 드리웠다.

"괜찮습니다."

고개를 돌려보니 민정수석이 담배를 입에 문 채 씩 웃고 있었다.
"한 대 피우셔도."
민정수석이 안필현이 문 담배 앞으로 라이터를 가져갔다.
"흡, 후우-."
안필현이 담배에 불을 붙이자, 민정수석도 자신의 담배에 불을 붙였다.
"대통령께서는 기대가 아주 크십니다."
"그래서 걱정입니다."
안필현은 쓴웃음을 지었다.
"……."
민정수석이 그런 안필현을 빤히 쳐다보았다.
"이곳에 있으니 아시지 않습니까?"
"……."
그가 아무 말 없이 쳐다보았지만 안필현은 담배를 마시며 이야기를 이어갔다.
"이면은 우리 같은 범인은 감히 범접할 수 없는 아수라의 장임을. 컨트롤할 수 없는 핵폭탄, 그 자체입니다."
안필현이 말을 마치자 민정수석이 씨익 웃었다.
"저는 오히려 기대가 되는데요?"
"……?"

"이제껏 이리 말씀하신 분은 없었거든요."

민정수석은 안필현에게서 눈을 떼고 먼 하늘을 올려다보며 담배를 입에 물었다.

"다들, 자신만 믿어 달라. 그들의 힘을 반드시 대통령을 위해 쓰게 만들겠다, 어찌나 자신만만하던지."

"훗."

"웃음을 보니 결과도 알겠군요."

"대충은."

"하나같이 겁에 질린 강아지가 되어 청와대로 쪼르르 달려와 이르는 꼴이란."

민정수석은 찌푸려진 인상을 풀며 안필현을 쳐다보았다.

"잘 부탁드립니다. 국정원장."

"저야말로."

안필현은 민정수석의 손을 꽉 쥐었다.

"그럼 다음에 봅시다. 아무리 아랫사람이라도 너무 기다리게 해서는 안 되는 법이죠."

민정수석은 저 멀리 서 있는 국정원 직원들을 흘깃 쳐다보며 몸을 돌렸다.

"큼."

안필현은 양복 상의를 잡아당겨 옷맵시를 가다듬은 뒤 그들에게로 다가갔다.

"축하드립니다, 원장님."

그를 맞이한 이는 오성식 차장이었다.

"이렇게 나올 필요까지는."

"이제 제 목줄을 쥔 분인데 어찌 안 그럽니까?"

"잘해 봅시다, 부원장."

"예?"

안필현은 놀라는 오성식 차장을 향해 윙크를 날리며 대기하고 있던 차에 올라탔다.

* * *

"어서 와."

안필현은 자리에서 일어나며 박현을 맞이했다.

"제가 사수 때문에 국정원에도 다 와보고."

"미안, 미안."

안필현은 박현과 함께 응접용 소파에 앉으며 사과했다.

"생각보다 파악할 게 많아서, 좀처럼 움직이기가 좀 그랬다."

"많이 피곤해 보입니다."

박현은 손가락으로 눈을 꾹꾹 비비는 안필현을 보며 물었다.

"조금."

"조금은 아닌 듯싶은데."

"그래, 많이."

안필현은 소파에 누울 듯 기대며 천장을 올려다보았다.

"파악할 건 산더미인데, 중국 놈들이 자꾸 일을 만든다."

똑똑—

그때 문 기척 소리와 함께 오성식이 안으로 들어왔다.

"오셨습니까?"

오성식은 박현을 보자 허리를 깊게 숙이며 인사했다.

그리고는 뒤따라 들어오는 직원에게서 쟁반을 받아들었다.

"그만 나가봐."

오성식은 직원을 밖으로 내보낸 후 탁자 위에 쟁반을 내렸다.

쟁반에는 믹스커피를 담은 종이컵이 놓여 있었다.

"원에 이런 거밖에 없어서."

오성식은 어색하게 웃으며 커피잔을 박현 앞에 내려놓았다.

"오성식 차장님도 아시지 않습니까? 저 이거 많이 마셨고 좋아합니다."

박현은 씩 웃으며 종이컵을 들었다.

"현아. 차장 아니다."

안필현이 종이컵을 입에 물며 말했다.

"……?"

박현이 오성식을 쳐다보자 그는 쑥스러운 듯 머리를 긁었다.

"이번에 부원장에 올랐습니다."

"호오—."

박현은 놀란 눈으로 오성식을 쳐다보았다.

"그래서 이번에 이면 전반을 제가 맡게 되었습니다."

"그럼 3부원장?"

공식적으로는 없는 자리였다.

하긴 국정원에 어디 공식적인 자리가 있긴 하나 싶지만, 어쨌든 정식 편제에는 없는 자리이다.

심지어는 2부원장도 없었다.

호칭과 조직에서 일말의 실수도 없어야 했기에 징검다리로 숫자 하나를 건너뛴 것이었다.

"축하합니다."

"제가 이런 말씀을 드리기 좀 그렇지만, 제 인생에서 가장 잘한 게 바로 박현 님을 만난 것이 아닌가 싶습니다. 하하."

화기애애한 분위기로 인사를 마칠 때쯤이었다.

콰당!

문이 거칠게 열리며 한 사내가 안으로 들어왔다.

부원장 송광석이었다.

"이봐, 원장!"

"부원장님, 여기서 이러시면 안 됩니다."

그때 몇몇 요원들이 따라 들어와 그를 막아섰지만, 아무 소용없었다.

"놔! 이것들 안 놔? 어?"

아무리 그가 군 특수요원 출신에 현장 출신이었다고는 하지만, 세월을 속일 수는 없었다.

"됐어. 다들 나가 보세요."

어수선한 상황을 정리한 건 안필현이었다.

그는 손을 저어 요원들을 밖으로 내보냈다.

"이봐, 안 원장. 이거 해도 해도 너무한 거 아닙니까? 부서 개편을……."

"앉으세요. 일단 앉아서 이야기하시죠."

안필현이 정중하게 나가자, 더는 그랬는지 송광석은 일단 자리를 잡고 앉았다.

"미안."

그 사이 안필현은 박현에게 사과했고, 박현은 그저 어깨만 슬쩍 들어올렸다.

송광석이 박현을 가리키며 안필현에게 따졌다.

"이곳에는 그 어떤 외부인도 들어오지 못한다는 거 모르시지는 않을 텐데요. 안 그렇습니까?"

툭툭—

오성식이 재빨리 부원장 송광석의 구둣발을 건드리며 재빨리 고개를 저었다.

"뭔데 눈치를 주고 그래? 그리고, 너 오성식이. 너 이 건방진 새끼."

"하아—."

박현이 얕은 한숨을 내쉬었다.

"사수."

박현은 쓴웃음을 짓는 안필현을 쳐다보았다.

"나중에 다시 올까요?"

박현은 손가락으로 안필현과 송광석을 번갈아 가리켰다.

"일단 내부 정리부터 해야 할 듯한데요."

"이 새끼가 어디서 건방지게 손가락질을…… 읍읍! 읍!"

오성식이 역정을 부리려는 송광석의 입을 재빨리 손으로 막았다.

"너 뭐하는 거야?"

송광석이 오성식의 손을 뿌리치며 버럭 화를 냈다.

"제발요……, 선배님."

오성식이 거의 울 듯 애원했다.

"네 백이 너 아니냐? 후딱 정리해줘."

안필현의 말에 박현이 씨익 웃었다.

"참, 사수도."

박현은 손을 살짝 휘둘렀다.

후아아아악!

거센 돌풍이 송광석의 몸을 휘감아 벽으로 집어던졌다.

"다치게 하지는 마."

안필현의 이어진 말에 송광석의 몸이 벽과 부딪히기 직전에 멈춰 세워졌다.

"헉! 허억!"

너무 놀란 나머지 송광석은 발버둥도 못 치고 그저 기겁성만 겨우겨우 삼킬 뿐이었다.

그런 그의 몸이 다시 박현 앞으로 두둥실 허공에 뜬 채 끌려갔다.

"이 정도면 아주 외부인은 아니지요?"

박현의 물음에 송광석은 눈을 동그랗게 뜬 채 고개를 마구 끄덕였다.

"누, 누구냐?"

자리에 다시 앉은 송광석은 오창석에게 속삭이듯 물었다.

"하늘."

"하, 하늘?"

"청와대 위 말고 하나 더 있는 건 아시죠?"

오창석의 말에 송광석이 고개를 끄덕였다.

이면에 대한 것이 철저하게 비밀에 부쳐진다고 해도, 송광석 정도의 위치며, 국정원 내 짬밥이면 건너건너 알고 있었다.

"그 하늘입니다."

송광석의 눈이 부릅떠졌다.

이면에서 한 자리 정도 차지하지 않을까 예상했지만, 설마 그 하늘일 줄은 몰랐던 송광석은 저도 모르게 마른침을 꿀떡 삼켰다.

"……나 떨고 있냐?"

송광석은 차마 박현 쪽으로 시선을 주지 못한 채 오성식에게 물었다.

"괜찮을 겁니다. 어떤 생각이 드셨는지 모르지만, 생각보다 굉장히 너그럽습니다."

"그럼요. 제가 생각보다 사회생활을 아주 잘합니다."

둘의 속삭임에 박현이 불쑥 끼어들었다.

"헙!"

"헉!"

너무 놀란 나머지 오성식과 송광석은 동시에 박현을 쳐다보았다.

"놀랄 거 없습니다. 그냥 귀가 좀 밝을 뿐이죠."

박현은 손가락으로 귀를 톡톡 두들겼다.

"사수 직장에서 깽판을 칠 만큼 아주 막돼먹은 놈은 아니란 소리입니다."

"그러냐?"

안필현이 피식 웃으며 물었다.

"예."

"……그래, 아주 고맙다."

안필현은 즐거움 반, 어이없어하는 기색 반. 반반 섞인 웃음을 지었다.

"그나저나, 부원장님."

"으, 응? 아니 예? 아, 아니. 예."

송광석은 횡설수설하듯 대답했다.

"그런데 오늘은 무슨 일로……."

"그것이……."

막상 들어올 때와 달리 송광석은 박현의 눈치를 슬쩍 살피며 말끝을 흐렸다.

"일단 나중에……."

"아뇨."

송광석이 막 엉덩이를 떼려는데 안필현이 그를 다시 앉혔다.

"안 그래도 부원장님을 부르려고 했었습니다."

"……?"

"아마 국외 파트 쪽 일로 찾아오신 거 같은데, 맞으시죠?"

"험험."

안필현의 말이 맞은 듯 송광석은 헛기침으로 대답을 대신했다.

"미리 말씀을 드렸어야 했는데, 미안하게 되었습니다."

일단 안필현은 사과부터 전했다.

"사실 이번 노골적인 동북공정은 공산당 때문이 아닙니다."

"어허, 원장. 나도 알 건 다 안다오. 중국의 다섯 용의 암묵적인 허락이 있었다는 건 나도 압니……."

안필현이 손을 뻗어 그의 말을 가로막았다.

"중국의 다섯 용은 모두 죽었습니다."

"예?"

송광석은 저도 모르게 목소리를 키웠다가 박현의 눈치를 살피며 얼른 목소리를 낮췄다.

"주, 죽었다구요?"

안필현은 고개를 끄덕여 그 대답을 대신했다.

"현재 중국의 하늘은 용생구자란 신들입니다."

"용생구자."

송광석은 생각보다 심각한 이야기가 나오자 매우 진중하게 안필현의 말에 귀를 기울였다.

"그 용생구자가 적극적으로 공산당에 바람을 넣어 만들어진 것이 이번 신 동북공정입니다."

"허어—."

안타까움과 씁쓸함을 내비친 송광석이 박현의 눈치를 살피며 입을 열었다.

"이면의 신이라고 하나, 어찌……."

"어찌 그들이 직접 나서냐구요?"

안필현이 묻자, 송광석은 고개를 끄덕였다.

"말하자면 복잡한데……."

안필현의 시선이 박현에게로 향했고, 당연히 그 시선을 따라 송광석도 박현에게로 눈을 돌렸다.

"일단 저 녀석이 중국의 다섯 마리 용을 죽였고."

"예?"

"용생구자의 희망마저 깨트렸다고 할까요?"

"어……, 아니 그……."

송광석은 머릿속에 떠오르는 수많은 말들이 있었지만, 얽히고설켜 어느 하나 입 밖으로 흘러나오지 못했다.

"어쨌든 이 녀석 때문입니다. 지금 이 상황이."

"……."

"그래서, 이번에 부원장의 국외 파트에서 이면 파트 쪽을 좀 도와주셔야겠습니다."

안필현은 송광석을 직시하며 말했다.

그제야 송광석은 느꼈다.

지금 국정원 내 벌어지는 파트 이동이 단순히 군기잡기나 길들이기가 아님을 깨달은 것이었다.

'국가전.'

이면과 민(民)이 만들어낸, 거대한 국가전이었다.

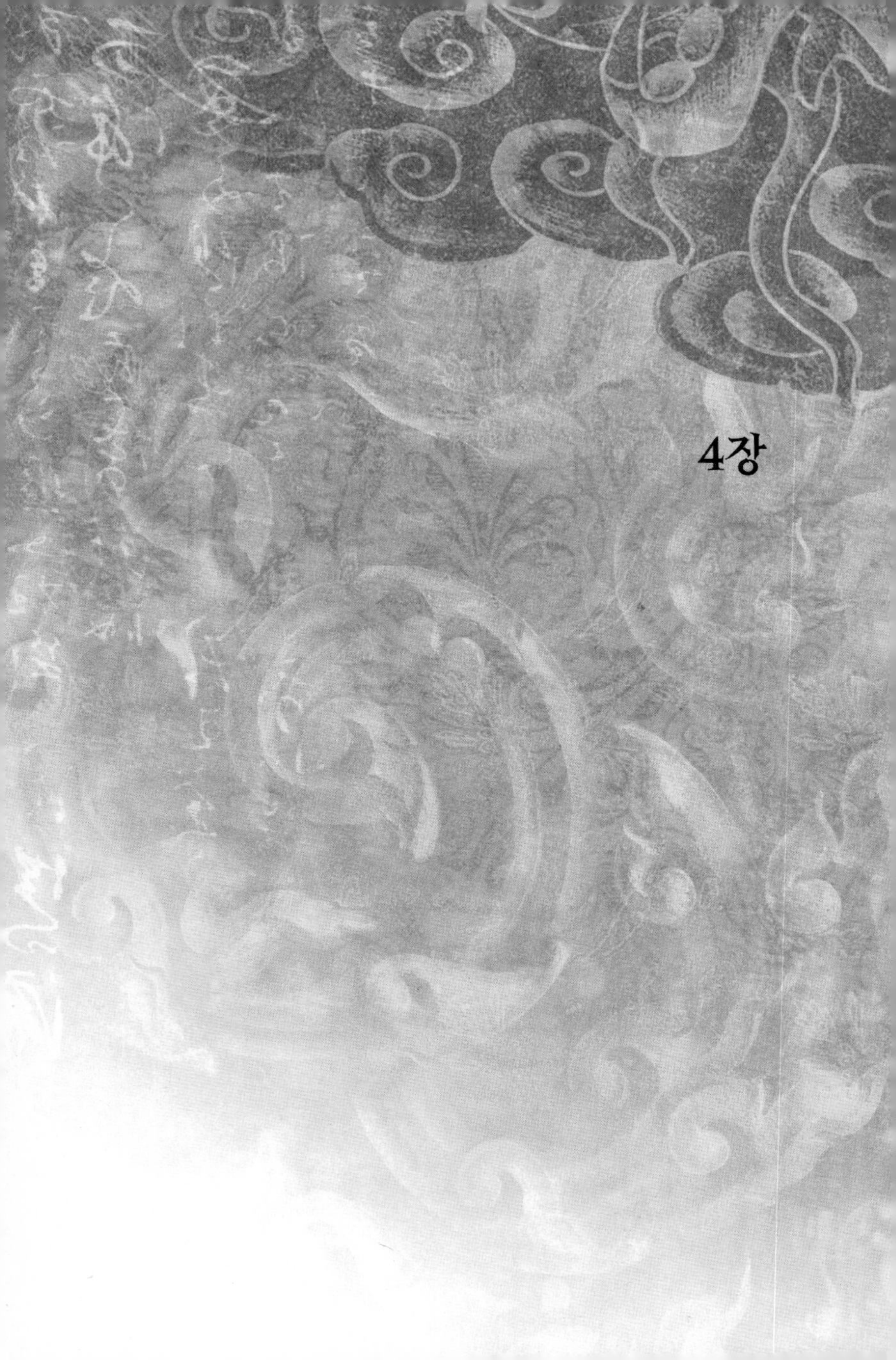

4장

옥상.

국정원 부원장 송광석은 품에서 담배를 꺼내 하나 입에 물었다.

멍하니 하늘을 올려보던 송광석은 품을 뒤져 라이터를 찾았다. 하지만 어느 주머니에도 라이터는 없었다.

"쩝."

송광석이 아쉬운 마음에 입맛을 다시며 담배를 입에서 뗄 때였다.

칙—

싸구려 라이터가 눈앞에 보이며 불이 켜졌다.

라이터의 주인은 이번에 제3부원장이 된 오성식이었다.
송광석은 오성식을 게슴츠레한 눈으로 쳐다보았다.
"뭐 하십니까?"
오성식이 라이터를 조금 더 내밀었다.
그에 송광석은 담배에 불을 붙였다.
"저도 한 대 태우겠습니다."
오성식의 말에 송광석은 고개를 끄덕이며 담배 연기를 깊숙이 들이마셨다.
"원장이 가보라고 하던?"
송광석이 말했다.
"예."
오성식은 굳이 그 사실을 숨기지 않았다.
"후우―."
송광석은 아무 말 없이 담배 연기를 내뱉었다.
"죄송합니다."
오성식은 송광석에게 사과를 했다.
"사과하지 마."
"예?"
"사과하지 마라."
"……."
"사과할 게 있어야 사과를 하지."

송광석은 고개를 돌려 오성식을 쳐다보았다.

"나 이번 일 마치면 은퇴할까 싶다."

"예?"

"나 말이야. 이번에 듣도 못한 젊은 원장 오고, 네가 전가(家) 그놈 밀어내며 그 자리에 앉고, 조직 개편되고…… 전이라면 대충 정치질인지, 아니면 필요에 의해서인지 알았을 거야. 그런데 이번에는 어떤 것도 몰랐어. 마치 눈뜬 장님처럼."

입맛이 씁쓸한지, 송광석은 말을 하다 말고 담배를 한 모금 더 마셨다.

"선배님도 아시지 않습니까? 같은 파트라도 팀이 다르면 정보가 차단되는 것을요. 더욱이 일반 파트도 아니고 이면이지 않습니까."

"알아. 알지. 알아도 아닌 건 아니야."

"……."

송광석의 말에 오성식의 미간이 찌푸려졌다.

송광석은 비록 파트도 다르고 그와 함께 일을 해본 적이 없으나, 오성식이 개인적으로 매우 존경하는 선배였다. 사실 어지간한 국정원 직원이라면 모두 그를 존경했다.

"선배님."

오성식이 다시 그를 불렀다.

"이야, 많이 컸어. 이제 나를 선배님이라고 부르기도 하고."

송광석은 그런 오성식을 보며 씨익 웃었다.

"그게……."

사실 선배라고 부르기도 힘들 정도로 까마득하게 기수가 높았다.

"됐어. 어차피 같은 부원장인데. 그렇다고 호형호제하기는 더 그렇고. 안 그래?"

오성식이 어색한 웃음을 지었다.

"같은 팀도 파트도 아니었지만, 꽤나 널 좋게 봤었어."

송광석이 옅은 웃음을 보였다.

"전가 그놈이 좀 거시기하기는 했지. 어쨌든……, 다른 곳에서 보기에도 넌 참 열심히 뛰었지."

"요원이라면……."

"요원이라면 다 열심히 하지. 근데 넌 눈에 띌 정도로 더 열심히였단 말이지."

오성식은 어색한 웃음을 지었다.

사실 그가 열심히 뛰고 싶어 뛴 게 아니었다.

박현이 워낙 대형 사고만 터트린 터라, 열심히 하고 싶지 않아도 열심히 할 수밖에 없었다.

"그래도 후배들한테는 좋은 본보기가 될 거야. 열심히 하면 승진한다."

송광석이 주먹으로 오성식의 어깨를 툭 쳤다.

"나는 네가 정치질로 올라서려나 싶었다."

주먹은 제법 매서웠다.

"아니니 되었고."

송광석은 담배를 재떨이에 비벼 껐다.

"눈멀고 귀가 닫혔으니 은퇴하는 게 맞지. 이제 그럭저럭 쓸 만한 놈들도 많아졌고."

송광석은 다시 오성식을 쳐다보았다.

"내 마지막 작품이니, 열심히 서포트하마."

"……."

"왜 말이 없어?"

오성식이 아무 말을 하지 않자, 송광석이 으르렁대듯 대답을 재촉했다.

"감사합니다, 선배님."

"오늘 끝나고 일 없지?"

"예."

"술이나 한잔하자."

송광석은 그의 가슴을 주먹으로 툭 치며 몸을 돌렸다.

* * *

며칠 후.

검계 접객당.

"처음 뵙겠소. 남천주 팽천악이라 하오."

하봉거와 함께 온 이가 박현을 향해 정중히 포권을 취했다.

"박현이오."

박현은 고개를 살짝 끄덕이며 그의 인사를 받았다.

"자자, 자리에 앉읍시다."

박현은 둘과 함께 원형 탁자에 앉았다.

"내 방을 챙겼어야 했는데, 미안하다."

박현은 하봉거에게 사과했다.

"아니야."

오룡이 죽고, 용생구자가 중국을 차지하며 이면은 한순간 아수라장으로 바뀌었다. 결국 투룡방은 살기 위해 홍콩을 버리고 대만으로 도망치듯 물러나야 했다.

"중국은 어때?"

"뭐 복속 아니면 죽음이지."

"그렇군."

중국의 상황이 머릿속에 그려졌다.

"일단 중국 쪽에서 탈출한 이들을 규합하고는 있어."

하봉거는 팽천악을 쳐다보았다.

"남천주께서 다행히 도움을 크게 주셨어."
"고맙다고 해야 하나?"
"아닙니다."
팽천악은 담담하게 인사를 받았다.
하지만 그의 속은 달랐다.
대만은 완벽하게 자신의 권역이었다.
그런 권역에 자신들을 위협하는 세력이 생긴 것이었다. 자신에게 복속한다면 모를까, 대등한 위치니 좋을 수가 없었다.
하지만, 어쩌겠는가.

"한국으로 가. 그곳에 너희를 지켜줄 나의 친구가 있다."

피닉스.
그의 명령에 팽천악은 하붕거와 함께 이곳에 온 것이었다.
"알렉스께서 안부 인사 전해 달라 했습니다."
알렉스면 피닉스의 현재 이름이었다.
"그리고?"
"당분간 박현 님의 그늘에 있으라고 하셨습니다."

아무래도 피닉스가 직접 움직이기에는 거리도 멀거니와 대만은 중요도가 그다지 크지 않았다.

그래서 고민 끝에 대만에 대한 일정 부분 권리를 박현에게 넘긴 것이었다.

일종의 군사적 상호방위조약과 비슷했다.

"미리 말하지만, 대만을 네게 넘겨준 건 아니야."

"필요 없는데."

"우리의 우정을 위한 거라 해두지."

"귀찮은 게 아니고?"

"그래서 싫어?"

"준다는데 싫지는 않지."

"오케이, 그럼 명목상 지분은 7대3이야."

"6대4."

"어이, 이봐."

"싫으면 말고."

"좋아. 하지만 명심해."

"……?"

"대만의 우선권은 내게 있어."

"콜(call)."

박현은 피닉스와의 대화를 떠올렸다.
얼핏 보면 피닉스가 손해를 많이 본 듯하지만 꼭 그렇지만은 않았다.
7대3이니 6대4니, 그건 전부 말장난에 불과한 거였다.
피닉스는 손을 덜 쓰고도 박현을 통해 아시아에 대한 영향력을 유지할 수 있었고, 박현은 피닉스를 공식적으로 맹방으로 두어 확실하게 아시아 쪽에 영향력을 행사할 수 있게 된 것이었다.
그리고 가장 중요한 건 대만에 대한 실질적 지배권이었다.
피닉스는 그걸 강조했고, 박현은 그걸 받아들였다.
"그럼 협조 잘 부탁하지."
박현이 손을 내밀어 악수를 청했다.
말이 협조이지, 명령이나 다름없었다.
"앞으로 잘 부탁드립니다."
박현은 허리를 숙이는 팽천악을 내려다보았다.

*　　*　　*

그날 오후.
검계에 주요 인물들이 모였다.

검계에서는 검계주 윤석, 그리고 조완희가.

국정원에서는 원장 안필현과 부원장 송광석과 오성식이.

용궁에서는 신구가 참석했으며.

백택이 북성을 대표해 자리했다.

일본에서 이리에 타다시, 이강석이 건너왔고, 마지막으로 투룡방 하붕거와 팽천악이 자리했다.

"이렇게 모이니 대단하군."

윤석이 감탄을 숨기지 않았다.

그나마 윤석이니 그저 감탄을 보일 뿐이지, 이 자리에 유일한 범인인 안필현과 송광석, 오성식은 질식할 듯 내려앉은 압도적인 기세에 숨이 턱턱 막혔다.

"후아―."

박현이 기운을 뻗어 그들을 보듬어주자 그제야 셋은 한결 편하게 숨을 쉴 수 있었다.

"내가 살아온 전장은 애들 장난이었군."

송광석이 한숨을 내쉬자, 오성식은 쓴웃음으로 대답을 대신했다.

끼익―

문이 열리고 박현이 안으로 들어왔다.

그는 거침없는 걸음으로 상석에 앉았다.

"모두 모여 줘서 고맙습니다."

박현의 시선이 자리에 모인 이들에게로 내려갔다.

*　　*　　*

자리에 모인 이들의 면면이 대단하기는 대단했다.

나약한 인간으로 태어나 뼈를 깎는 고통과 노력 끝에 결국 천외천과 비교해도 뒤지지 않을 신력을 손에 넣은 윤석이었다.

더욱이 검계를 이끌며 봉황, 백택, 용왕 문무 등 진정한 천외천들을 상대했던 그가 묵직한 긴장감에 등이 축축해질 정도였다.

"타다시."

"하잇!"

"일본은 요즘 어때?"

"생각보다 조용합니다."

페안은 생각보다 신사적으로 야쿠자 조직을 재편했다.

이리에 타다시를 만난 페안은 깔끔하게 야마구치구미(山口組)와 고베 야마구치구미(神戸 山口組)를 넘겨주고, 스미요시카이(住吉会)와 이나가와카이(稲川會)를 가져갔다.

"선불리 움직이기는 힘들겠지."

박현은 고개를 끄덕였다.

"야마구치구미는 네가 직접 다스릴 거고, 고베는?"

"삼두일족응이 맡고 있습니다."

백택이 이리에 타다시를 대신해 대답했다.

"삼두……일족응께서요?"

박현은 믿기지 않는다는 듯 물었다.

"거기에 여우 일족들이 그를 돕고 있습니다."

"흠."

박현은 팔걸이를 손가락으로 두들기며 잠시 생각에 잠겼다.

"참, 검계는 어찌하고 있습니까?"

박현이 윤석에게 물었다.

"상황이 상황인지라 검계는 철수를 했네."

"그렇군요."

박현은 백택을 쳐다보았다.

"그런데 삼두일족응과 여우 일족만으로 가능하겠습니까? 상대는 시사에 호야우 카무이입니다."

"호랑이 일족들이 한 팔 거들기로 했습니다."

"호랑이 일족들이면?"

"적통 호족(虎族)이 힘을 보태고, 목우사자 일족과 모색

심명 일족은 아예 일본에 터를 잡았습니다. 그 외에 김현감호와 장산범도 건너갔습니다."

"그리고 생각보다 일본 쪽에서 전향한 신족들도 제법 많아, 나름 균형을 잡았네."

"그건 다행이군요."

"부족하면 금돼지 일족도 한 손 거든다고 했어."

조완희.

"그 정도면 일본은 걱정하지 않아도 되겠군요."

박현은 이리에 타다시를 쳐다보았다.

"타다시."

"하잇!"

"무슨 일이 있어도 삼두일족응과 함께 일본은 단단히 쥐어."

"목숨을 바쳐 반드시 지켜내겠습니다."

이리에 타다시는 자리에서 일어나 허리를 깊게 숙이며 복명했다.

그 다음은 대만이었다.

"본인은 이미 들었지만, 다른 이들도 대략 돌아가는 상황은 알아야겠지?"

박현은 하붕거를 쳐다보았다.

"투룡방을 이끄는 하붕거라 하오."

하붕거는 포권을 취하며 자신을 소개했다.

"그리고 옆에 있는 이는 현재 대만을 책임지고 있는 죽련방 남주, 팽천악이라 하오."

하붕거의 소개에 팽천악이 자리에서 일어나 포권을 취했다.

"그 전에 다들 알아둘 것이 있습니다."

박현이 하붕거의 말을 일단 잘랐다.

"미국의 피닉스. 그와 상호맹약을 맺었습니다."

"……!"

"……!"

"……!"

그 말에 좌중에 있던 이들이 눈을 동그랗게 떴다.

"맹약의 증표로, 앞으로 대만은 피닉스가 지배하고, 본인이 다스립니다."

"헉!"

"헙!"

"허어—."

좌중의 시선이 한순간에 팽천악에게로 향했다.

박현과 상관없는 이가 이 자리에 있어 이상하다 했는데, 그런 이유가 있었을 줄이야.

"……잘 부탁드리오."

팽천악은 입술을 깨물며 자리에서 일어나 다시금 인사했다.

다들 놀랐다고는 하지만, 이중에 가장 놀란 이는 국정원 소속이었으리라.

또 그중에서 고르라면 당연히 송광석이었다.

그는 국외 파트에서 일을 시작해 부원장까지 오른 인물이었다.

국제적 정세에서 보면 대만은 상당히 묘한 포지션이었다.

매우 중요하지는 않지만, 그렇다고 무시하기는 어려운, 마치 혀에 난 혓바늘처럼 아릿한 곳이었다.

중국에서 보면 반드시 점령해야 할 땅인 동시에 대해양 제국으로 발돋움을 할 수 있는 곳이었고, 미국의 입장에서 보면 중국의 턱 밑에 들이민 비수였다.

어찌 되었든.

'그런 대만을?'

송광석의 시선이 박현에게로 향했다.

이면.

안다면 안다.

이면 파트가 아니어도, 국정원 소속이라면 어떤 형태든 이면에 대해 조금씩 알게 된다.

더욱 송광석은 부원장까지 오른 사람이었다.

비록 특채로 입사해 맨 밑바닥부터 시작한 것은 아니지만, 현장 요원으로 시작해, 현장과 실무를 두루 경험했던 이였다.

그렇기에 신도 알고, 그 신들의 정점인 천외천에 대해서도 안다.

하지만.

단순히 친분으로 대만을 넘겨준다?

아무리 생각해도 아니었다.

그렇다면.

'그만한 힘이 있는 거다.'

박현을 향한 송광석의 눈이 반짝거렸다.

송광석이 홀로 생각에 빠졌지만 보고는 계속 이어졌다.

"북성은 일단 침묵을 선택했습니다."

백택.

"침묵이라. 그 이유를 물어봐도 되겠습니까?"

"일단 대한민국, 정확히는 박현 님과는 다른 노선을 선택할 수 있다는 제스쳐입니다."

"눈 가리고 아웅인데, 용생구자가 과연 믿겠습니까?"

"믿지 않겠지만, 계속 그런 포지션을 유지한다면 혹시나 하는 마음이 생기지 않겠습니까?"

"흠."

"혹시나 모르지요. 제가 딴마음을 먹었을까 의심을 할지도."

백택이 씩 웃었다.

"딴 마음이라."

그러고 보니 백택의 위치는 참 애매했다.

한때 한반도의 2인자였지만, 쫓겨나 북으로 향했다.

마침 해태도 죽었고, 그 뒤를 이은 이는 삼족오였지만, 실질적으로 북성을 이끌어가는 건 백택이었다.

슬슬 욕심이 생겨도 이상하지 않을 위치이기는 했다.

"거기에 고베 야마구치구미를 이용해 애매한 뉘앙스를 계속 뿌리면……."

아마 고베 야마구치구미만은 아닐 것이다.

일본의 조총련 역시 비슷한 움직임을 보일 터.

그런 모습을 일관적으로 보이면, 알면서도 속을 수밖에 없었다.

"과연."

박현은 고개를 끄덕였다.

"좋습니다, 그렇게 하지요."

이야기 끝나자 백택은 자리에서 일어났다.

"오래 있어 봐야 좋을 것이 없으니, 저는 이만 물러가겠습니다."

백택은 다른 이들과 짧게 눈인사를 마친 후 그 자리에서 사라졌다.

일본과 대만, 북한을 정리하자 남은 건 이제 국내 상황뿐이었다.

"안 국장님."

공적인 자리였기에 박현이 안필현을 직함으로 불렀다.

"예."

안필현도 그를 공적으로 대했다.

"국내 상황이 안 좋다면서요."

"인천과 부산 쪽으로 중국 쪽 인물들이 밀항을 통해 입항하고 있습니다. 대부분 이면 쪽이라 판단됩니다."

"구로 쪽도 분위기가 안 좋네."

윤석이었다.

"일단 구로 쪽은 검수단이 나가 있어."

조완희.

"인천이랑 부산은요?"

"일단 국정원에서 파견했는데 힘에 좀 부칩니다."
안필현.
"흠."
박현은 잠시 생각에 잠겼다.
"용궁에서는 힘들겠지요?"
그 말에 신구가 고개를 끄덕였다.
"사실 바다와 암전을 관리하기에도 조금 벅찹니다."
"그 정도인가요?"
박현은 고개를 갸웃거렸다.
"알고 보니 동아시아 삼국의 암전은 서로 연결이 되어 있더군요."
박현의 눈이 살짝 커졌다.
'초도의 힘이겠지.'
하지만 곧 가늘어졌다.
"암전이 곧 방어선이군요."
그 말에 신구가 고개를 끄덕였다.
"그럼 그쪽을 부탁드립니다."
남은 검계와 자신뿐이었다.
"안 국장님."
"……?"
"윤 계주님."

“말씀하시게.”

“새로운 팀 하나 만듭시다.”

박현이 눈빛을 날카롭게 만들었다.

“일단 국내부터 정리 들어갑시다. 그리고 하붕거.”

“옙.”

“팽 남주.”

“……하명하십시오.”

“둘이 한족 중심으로 팀 하나 꾸려.”

“알겠습니다.”

복명하는 하붕거와 달리.

“뭐하시려고…….”

팽천악은 말꼬리를 흐리며 물었다.

“한 대 찔렸으면 한 대 찔러야지. 안 그래?”

박현의 눈에서 서늘한 기운이 흘러나왔다.

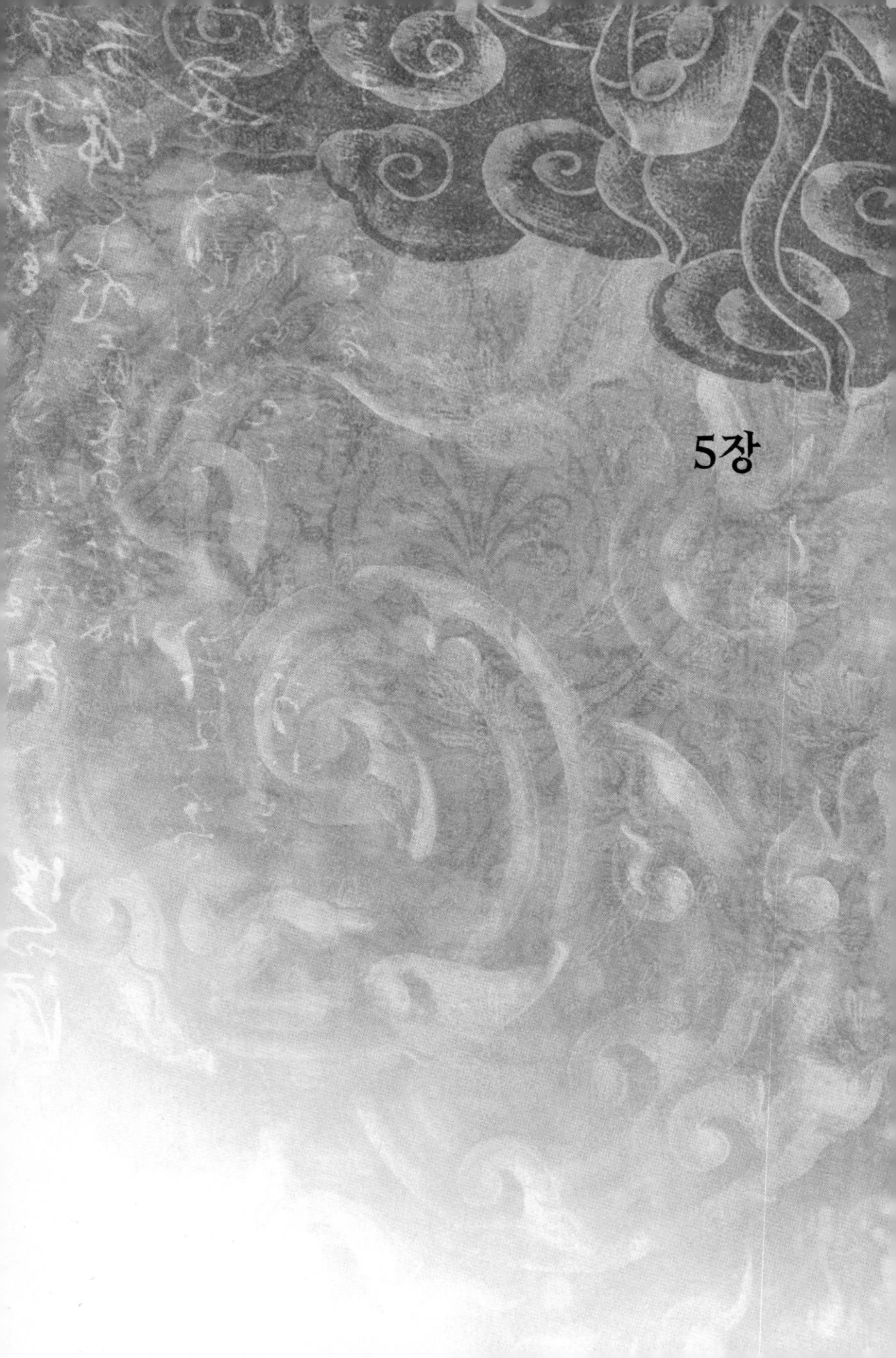

5장

달그락—

검계주 개인 집무실에 윤석과 박현, 안필현 셋이 조용히 차를 마시고 있었다.

"팀을 어떻게 꾸릴 참이시오?"

윤석이 물었다.

"조완희를 팀장으로, 골통 3인방에게 각자 손에 맞게 서넛 정도 붙여주셨으면 합니다."

"그래 봐야 십수 명일……. 이런."

윤석은 대놓고 씩 웃는 박현을 보며 허무함을 드러냈다.

"그리하리다."

이어 군말 없이 박현의 부탁을 받아들였다.

"검수단은 지금처럼 구로와 인천 쪽을 주시해주십시오."

"알겠소."

"국정원은 부산항을 비롯해 밀항이 유력한 항구 쪽을 부탁합니다."

"안 그래도 오 부원장한테 일러 조직 개편을 내일까지 마무리하라고 전했다. 전력으로 서포트하마."

"그런데 말입니다."

윤석이 다시 대화에 끼어들었다.

"……?"

"한반도가 그리 넓은 땅은 아니라 하여도, 소수로 커버가 되겠소?"

"흠."

"물론 박현 님이야, 축지로 단숨에 어디든 갈 수 있다 하지만, 검계의 아이들은 아니오. 물론 무문의 도움을 받아 축지를 펼친다 하더라도 한계가 있소. 국정원 측은 더할 말이 없을 테고."

윤석의 말이 맞다.

공간에서 자유로운 이들은, 격이 다른 천외천 급이거나, 아니면 공간에 대해 특별한 능력을 타고 나야 했다.

"없으면 빌리면 되겠군요."

"……?"

"……?"

박현은 궁금해하는 윤석과 안필현의 시선을 뒤로한 채 스마트폰을 꺼내들었다.

그리고는 곧장 전화를 걸었다.

"나야."

"마법사 몇만 파견해줘."

"이유?"

"아시아 쪽은 공간이동에 대한 술(術)이 약해. 그리고 지금 본인은 기동성을 필요로 하고."

"그래, 바꿔."

"들었는지 모르겠지만, 공간이동을 해줄 수 있는 마법사가 필요해."

"네다섯 정도면 좋겠군."

"최대한 빨리."

툭—

박현은 전화를 끊었다.

"어딘가?"

윤석이 궁금해하며 물었다.

"수일 내로 멀린 마탑에서 마법사 다섯이 올 겁니다."

"멀린 마탑?"

안필현이 고개를 갸웃거리며 물었다.

국내랑 동아시아 이면에 대해서는 경험하며 지식을 쌓았지만, 유럽 쪽은 아직 잘 모르는 모양이었다.

"영국 소속 마탑입니다."

"영국이면 레드 드래곤?"

안필현은 최소한의 정보는 이미 알아본 모양이었다.

* * *

"여기 있습니다."

멀린 마탑, 마탑주 앤드류가 공손히 스마트폰을 레드에게 넘겼다.

레드는 앤드류가 그다지 내켜 하지 않음을 알아차렸다.

하긴 둘의 첫 만남이 그다지 좋지 않았긴 했었다.

"앤드류."

"예, 여황 폐하."

"지금 나는 홍콩을 원해."

"그리 되실 겁니다."

"그러려면 네 감정을 일단 지워야겠지?"

앤드류의 눈동자가 살짝 흔들렸다.

"시정하겠습니다."

앤드류는 곧바로 허리를 숙였다.

"명심해. 나는 그가 필요하고, 그 역시 나를 필요로 하지."

"……."

"그리고 파견 보내는 이들에게 반드시 전해."

"……?"

"그의 신경을 거스르지 말라고."

"……예?"

앤드류는 그만 놀라 감히 레드를 향해 반문했다.

"죄, 죄송합니다."

자신의 실수를 깨달은 앤드류는 허리를 더욱 깊게 숙이며 용서를 구했다.

"그는 이미 새로운 질서다. 그리고 네가 생각하는 그 이상이야."

앤드류는 레드의 말을 쉽게 받아들일 수 없는 모양이었다.

그에게 있어 레드는 지상 최고의 신이었다.

그와 비견되는 건 오로지 단 하나.

그녀의 피앙세 피닉스뿐.

"……."

"받아들이기 힘드나?"
"그러하옵니다. 어찌 고작 아시아의……."
그의 본심.
"궁금하면 그대가 가보는 것도 괜찮겠지."
"신이 가오리까?"
"판단은 네 몫이다."
레드의 말에 앤드류는 허리를 깊게 숙였다.

* * *

경기도 고양시, 일산.
한 사무실.

"오랜만입니다, 형님!"
"나무관세음보살."
꾸벅.
망치와 당래불, 그리고 이승환이 박현에게 인사했다.
"앉아."
박현의 말에 골통 3인방은 각자 자리를 잡고 앉았다.
"에효—."
조완희는 그런 셋을 보며 한숨을 푹 내쉬었다.

"왜 그래야? 보기 좋구만야."

서기원이 조완희를 슬쩍 핀잔을 주며 해맑게 손을 흔들어 인사했다.

"잘 지내셨습니까?"

넉살 좋은 망치가 서기원과 인사를 나눴다.

"검호단이라고?"

조완희를 단장으로 해서 새롭게 만들어진 무력 단체의 이름이었다.

"제가 1조장입니다, 형님."

망치가 손가락으로 '브이' 자를 그리며 말했다.

"2조를 맡았습니다."

이승환.

"소승이 3조를 맡게 되었습니다."

당래불.

"밑에 영민한 애들로 각자 넷씩 채웠다."

조완희가 말을 덧붙이며 서기원을 쳐다보았다.

"나는 뭐 그냥 귀여운 동생들로 모았어야."

"도깨비들로만 이뤄도 괜찮겠어?"

펑!

구석에 놓여 있던 빗자루가 연기를 터트리며 도깨비가 모습을 드러냈다.

"지금 우리 무시한자루?"

핑—

그때 어디선가 낫 한 자루가 날아와 조완희 앞에서 바르르 떨며 소리쳤다.

"목 한번 그어봐야 정신을 차리겠냣?"

그러자 삽이 두둥실 날아와 땅을 마구 파헤치는 시늉을 했다.

"땅에 파묻혀봐야 정신을 차리삽!"

"어이, 야들아."

서기원이 목소리를 착 깔았다.

"그러다 형아들 겁먹어 오줌 싸겠다. 그만해야."

"낄낄낄낄."

"아이고, 배야."

"하하하하하!"

도깨비들은 미친 듯이 몸을 떨며 웃었다.

"얘들 괜찮겠냐?"

조완희가 어이없어하며 박현에게 물었다.

"그래서 선화 불렀다."

"선화가 재들을…… 가능하겠어?"

조완희가 속삭이듯 물었다.

하지만.

두둥—

그때 공기가 흔들렸다.

"누구를 불렀다고 했냣?"

"방금 선화라고 했자루!"

"우리의 어여쁜 선화가 오는 거삽?"

"오오오오오오오오!"

"으아아아아앗!"

"우오오오오오오오오!"

도깨비들은 저마다 덩실덩실 춤을 추며 기뻐했다.

"선화가 도깨비들을 예뻐하거든."

"하하, 무슨 보육원 선생 같네."

조완희의 말에.

휘이잉—

한줄기 찬바람이 사무실 안으로 불었다.

"지금 뭐라 씨부리 거냣?"

낫이 다시 조완희를 위협했다.

"아그야, 시방 네가, 어? 선화 고 아이가 우리 보모라고 했자루?"

"어이가 없어 돌아버리겠삽."

세 도깨비가 조완희 앞으로 모여들어 위협적으로 말했다.

"그 아이가 우리를 돌보는 게 아니라, 우리가 그 아이를 귀엽게 잘 돌보고……."

"그 아이가 우리를 돌보는 게 아니라, 우리가 그 아이를 귀엽게 잘 돌보고……."

"그 아이가 우리를 돌보는 게 아니라, 우리가 그 아이를 귀엽게 잘 돌보고……."

도깨비들이 윽박지르듯 말할 때였다.

"늦어서 죄송해요."

이선화가 사무실 문을 열고 들어왔다.

"어머!"

그리고 이선화가 도깨비들을 보자.

"우와! 잘 지냈어요? 우리 귀여운 깨비님들?"

선화는 총총 뛰어가 세 도깨비를 끌어당겨 품에 꼭 안으며 이리저리 흔들었다.

"보살펴 주는 거낫!"

"보살펴 주는 거자루!"

"보살펴 주는 거삽!"

세 도깨비들이 조완희를 향해 소리를 외쳤지만.

"너무 반가워요, 깨비님들."

"우왁! 어, 어지럽삽!"
"세상이 빙글빙글 돈자루!"
"그, 그만 해낫!"
도깨비들은 이선화 품에서 벗어나지 못하고 허우적거렸다.

*　　*　　*

"나 다시 삽으로 돌아갈래~."
펑!
"나 다시 빗자루로 돌아갈래~."
펑!
"나 다시 낫으로 돌아갈래~."
펑!
도깨비들은 한순간 연기를 내뿜으며 그 자리에서 사라졌다.
"깨비님들이 날 싫어하나 봐요."
이선화가 우울한 눈으로 어깨를 축 늘어트렸다.
"선화야."
조완희가 그런 이선화를 불렀다.
"예?"

"누가 봐도 도깨비들이 널 싫……, 읍! 읍!"

망치 박이 몸을 날려 조완희의 입을 막았다.

하지만 조완희가 눈을 부라리며 망치 박의 손을 떨어트렸다.

그러자 망치 박이 거칠게 고개를 좌우로 흔들었다.

"뭐?"

"아무 말 마세요."

망치 박이 이선화의 눈치를 빠르게 살피며 고개를 다시 저었다.

"왜요?"

이선화가 순진한 표정으로 물었다.

"너 오기 전에."

"네."

"도깨비들이 하도 천방지방이라 어떻게 해야 하나 했는데."

"네."

이선화는 열심히 고개를 끄덕이며 조완희의 말을 경청했다.

"그래서 너를 불렀다고 하더라고."

"제가 깨비님들을 매우 좋아해요."

"그래, 좋아하더라."

"그럼요. 얼마나 사랑스러운데요."

"흐흐흐흐. 좀만 더 사랑했다가는 깨비들이 승……."

"나무 관세음!"

퍼억!

당래불이 목탁으로 조완희의 뒤통수를 쳤다.

"보살!"

"꽥!"

조완희는 그대로 탁자 앞으로 고꾸라졌다.

"성불하시옵……, 헉!"

당래불은 경건하게 쓰러진 조완희를 향해 합장을 올렸다.

턱—

그때 조완희가 몸을 부르르 떨며 당래불의 바짓가랑이를 잡았다.

빡!

그 순간, 이승환이 사커킥으로 조완희의 머리를 걷어차 올렸다.

"꿰엑!"

조완희는 한 번 더 비명을 지르며 바닥으로 축 늘어졌다.

"안일함은 결국 파멸로 이끌지어니……."

"감사하오, 이 시주."

"별 말씀을."

당래불은 이승환에게 합장으로 고마움을 전했고, 이승환은 별일 아니라는 듯 가벼이 감사를 받아주었다.

'……미친놈들.'

박현은 조용히 혀를 내둘렀다.

"꺄아아악!"

그리고 한 박자 느리게 이선화의 비명이 터졌다.

* * *

《야, 죽고 잡냐? 앙?》

망치 박이 눈을 부라리며 당래불을 노려보았다.

《이게 내 탓뿐이라는 거냐?》

《아니면?》

《생사람 잡지 말자! 다 네가 먼저 시작한 거 아니야?》

당래불도 지지 않고 맞섰다.

《내가 시작? 내가 시작?》

《그럼 아니냐?》

망치 박이 얼굴을 들이밀자, 당래불도 질세라 이마를 가져가며 눈을 부라렸다.

탁—

그리고 망치 박과 당래불의 이마와 이마가 부딪혔다.

이승환의 머리를 가운데 두고.

《하아—.》

그 모습에 이승환이 한숨을 푹 내쉬었다.

《그만 좀 해라, 이 미친놈들아!》

그리고 화를 터트렸다.

《헐~.》

《나무가 관세음일세. 이놈!》

망치 박과 당래불은 어이없어하며 이승환을 노려보았다.

《그래, 너는 잘못이 없다 이거냐?》

《마지막 발차기가 아주~ 아주~ 깔삼하기는 했어?》

《내가 어쩌다가 너희들이랑.》

이승환은 좌우로 머리를 비벼오는 둘을 보며 고개를 절레절레 저었다.

쿵!

그러자 망치 박이 이마로 이승환의 머리를 쿵 찧었다.

《진짜!》

이승환이 망치 박을 보며 눈을 부라리는데.

쿵!

뒤통수에 당래불의 이마가 찍혔다.

《이 시키들이!》

이승환은 빠르게 주먹을 뻗어 당래불과 망치 박의 배를 끊어쳤다.

그에 망치 박과 당래불이 빠르게 이승환의 주먹을 막았다.

그렇게 서로의 주먹이 막 얽히려는 그때였다.

탕!

조완희가 탁자를 손바닥으로 내려쳤다.

"……!"

"……!"

"……!"

그 소리에 망치 박과 당래불, 이승환은 화들짝 몸을 떨며 팔을 번쩍 들어올렸다.

"손 똑바로 들어라."

조완희가 셋을 향해 눈을 부라렸다.

그 눈빛이 닿은 곳에 망치 박, 당래불, 이승환이 나란히 무릎을 꿇은 채 두 팔을 번쩍 들고 있었다.

"괜찮아요?"

이선화는 걱정스러운 눈빛으로 뒤통수를 매만지는 조완희를 쳐다보았다.

"아이, 씨!"

조완희는 이선화의 목소리에 다시 골통 3인방을 노려보았다.

"생각할수록 열 받네."

조완희의 몸에서 은은한 살기가 흘러나왔다.

"손님 오셨다, 그만해."

박현이 조완희를 말렸다.

"하아—."

조완희는 한숨을 푹 쉬며 살기를 거뒀다.

그리고 골통 3인방은 조완희의 눈치를 살피며 조용히 자리에서 일어났다.

"나중에 보자."

조완희는 셋을 매섭도록 노려보았다.

동시에 셋의 목은 자라목처럼 움츠러들었다.

*　　*　　*

외교관 번호판 차량이 지하주차장으로 들어섰다.

"이곳입니다."

조수석에서 외교관으로 보이는 사내가 서둘러 내린 후 뒷문을 열었다.

"흠."

차에서 내린 이는 멀린 마탑 마탑주 앤드류였다.

앤드류는 탁한 공기에 미간을 찌푸린 채 지하주차장을 훑어보았다.

"안내하게."

앤드류의 명에 사내는 그를 건물 안으로 안내했다.

건물에 들어서자, 앤드류는 잠시 걸음을 멈췄다.

그리고는 고개를 들어 한 방향을 쳐다보았다.

"자네는 그만 가도 좋네."

"……."

앤드류의 명에도 사내는 진짜 가도 되는 건가 싶어 잠시 머뭇거렸다.

"가보래도?"

앤드류는 그를 흘깃 쳐다보았다.

"예, 옛."

이어진 명에 사내는 정중하게 고개를 숙였다.

"그럼 가보겠습니다, 공작 저하."

앤드류는 그의 인사에는 눈길조차 주지 않고 한 곳을 빤히 쳐다보며 그 자리에서 사라졌다.

공간을 열어 다른 공간으로 들어서는데,

팡!

“흡!”

육중한 기운이 그를 다시 튕겨냈다.

하지만 지나온 공간은 닫힌 터, 되돌아갈 수도 없었다.

그렇다고 자칫 조금이라도 머뭇거렸다가는 공간과 공간 사이에 끼어 시공간 사이에서 미아가 된다.

후악!

앤드류는 재빨리 바로 옆 공간을 찢듯 열어 몸을 날렸다.

콰당!

살기 위해 무작정 공간을 열었기에 허공으로 나온 앤드류는 균형을 잡지 못하고 바닥으로 나뒹굴어야 했다.

“허억— 헉헉!”

자칫 죽을 수도 있었던 상황에 식은땀이 주르르 흘러내렸다.

《예의가 없군.》

그런 그의 머릿속으로 한 사내의 목소리가 들려왔다.

앤드류의 눈동자가 파르르 떨렸다.

공간과 공간 사이, 그 사이에 힘이 끼어들었다.

아무것도 없는 무(無)의 공간이며 오로지 자신에게만 허락된 찰나의 공간이 아니던가.

'어, 어찌…….'

너무 놀란 나머지 앤드류는 정신을 쉽사리 찾을 수 없었다.

"……!"

그 순간 자신 앞에 있던 공간이 구겨졌다.

마치 종이를 한 겹 한 겹 적어가듯 공간이 접혀나갔다.

"헉!"

그리고 무형의 힘에 확 끌려갔다.

강제로 접히고 접힌 공간을 뛰어넘은, 앤드류의 눈앞에 한 사내가 서 있었다.

박현.

레드가 동아시아의 새로운 질서라 부른 바로 그가.

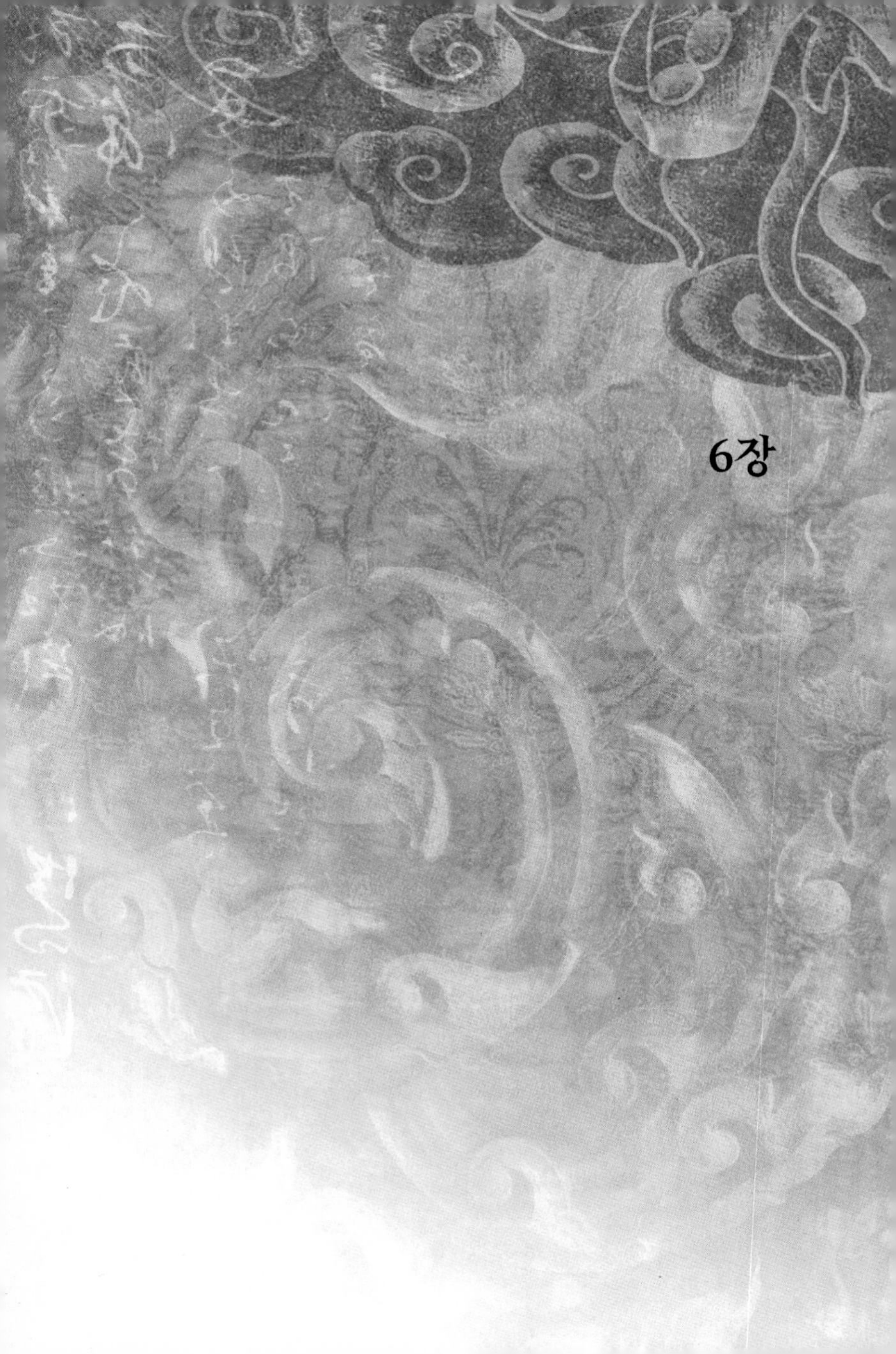

6장

강제로 마나가 동결되고, 얼어붙은 마나 사이로 비집고 들어와 강제로 끌려온 탓에 앤드류는 물먹은 솜처럼 몸이 무척이나 무겁기 그지없었다.

"후욱—, 후욱—."

앤드류는 거친 숨을 애써 숨기며 고개를 들어 박현을 쳐다보았다.

지친 상태를 애써 숨긴다고 눈에 힘을 바싹 주었다.

"인사."

"……?"

"안 하나?"

박현이 다리를 꼬며 물었다.

순간 아차한 앤드류는 정중하게 고개를 숙였다.

"앉아."

의자 하나가 염력으로 끌려왔다.

"알고 있나?"

앞뒤 다 자르고 물어보는데, 당연히 알지 못한다.

"본인은 삼진 아웃을 매우 좋아하지."

이어진 말에 박현이 무엇을 말하려는지 이해가 되었다.

불쾌함이 스물스물 피어났다.

"훗."

박현이 그런 감정을 알아차리며 조소를 머금었다.

"2번."

"……?"

"그대가 지키지 않은 예가 2번이라는 소리야."

"무, 무슨……."

순간 앤드류는 본능적으로 자신이 그에게 무례를 범한 게 무엇인가 떠올리기 시작했다.

하지만 아무리 생각을 떠올려보아도 오늘 1번뿐이었다.

하긴 애초에 그를 만나는 게 이번이 2번째에 그나마 첫 번째는 스쳐 지나가듯 인사를 한 게 다였다.

또한 레드의 손님이라고 나름 예의를 차렸었다.

"쯧."

박현은 아리송한 표정을 짓고 있는 앤드류를 바라보며 혀를 찼다.

"텔레포트."

그건 안다.

방금 경고를 먹었으니까.

문제는.

'뭐지?'

앤드류가 다시 기억을 되짚어 보았다.

하지만 없었다.

정말 없었다.

"쯧."

마뜩잖은 혓소리에 앤드류를 미간을 찌푸리며 박현을 쳐다보았다.

그리고 말했다.

"인사."

"……."

앤드류는 순간 아무 생각이 들지 않았다.

"……!"

그리고 떠올렸다.

조금 전, 상황을.

순간 기가 차서 말이 나오지 않았다.

"그리고 점오(0.5)가 더 있었지만, 그건 한 번이 아니니 넘어가지."

"무, 무슨……."

앤드류는 너무 황당해서 저도 모르게 본심을 슬쩍 흘렸다.

"마음에 안 드나?"

박현이 앤드류를 지그시 바라보았다.

"마음에 들지 않으면 돌아가든가, 아니면 결투를 통해 그대의 정의를 증명하든가."

박현이 의자 등받이에 몸을 기대며 그를 바라보았다.

앤드류는 입술을 지그시 깨물었다.

그에 박현은 이해하지 못하겠다는 듯 고개를 갸웃거렸다.

"이상하군."

"……?"

"본인이 제안한 것은 그대들이 그리 자랑스러워하는 귀족의 명예로움일 텐데."

박현은 앤드류를 향해 얼굴을 가져갔다.

"그대들의 자부심이자 우월함을 뽐낸 문명이 아닌가?"

그리고는 입꼬리를 말아 올렸다.

"아니 그런가?"

장난기도 어느 정도 섞여 있었지만.

"지금 나를……."

앤드류의 말에 박현의 눈빛이 차갑게 식었다.

"나를, 뭐?"

박현이 냉기가 풀풀 풀리는 목소리로 물었다.

"가지고 놀았냐, 뭐 그런 뜻인가?"

이어 냉소적인 미소를 지었다.

"왜? 분한가?"

다시 이어진 물음에 앤드류는 입술을 지그시 깨물었다.

"그런데 어쩌나? 시작은 그대가 먼저 했지."

후아아악—

박현의 몸에서 진한 투기가 흘러나와 앤드류를 휘감았다.

"윽!"

"그대의 오만함을 본인이 어찌하면 좋을까?"

쿵!

공기가 그를 짓누르자, 앤드류는 더 이상 참지 못하고 의자에서 굴러떨어지듯 내려와 무릎을 꿇었다.

"용서를……."

그제야 앤드류는 자신의 실수를 깨달았다.

"용서라."

앤드류는 힘겹게 고개를 들어 박현과 눈을 마주했다.

"본인은 말이야."

박현은 앤드류 앞으로 걸어가 쪼그려 앉아 눈을 마주했다.

"용서란 단어를 매우 싫어하지."

앤드류의 눈동자가 흔들렸다.

"그대들처럼."

박현의 말에 앤드류는 잠시 눈을 감았다.

턱—

박현이 어깨를 짚자 앤드류는 다시 눈을 떴다.

"너무 걱정하지 않아도 돼. 아직 그대에게는 한 번의 기회가 더 있으니."

꾹—

박현은 앤드류의 어깨를 꽉 쥐어틀었다.

"하지만 명심해. 그 한 번의 실수 후에는 그대는 선택해야 할 것이야. 굴종 아니면 죽음."

박현은 그의 어깨를 풀어주며 자리에서 일어났다.

"혹여 재미없을까 봐 미리 말해 주는데, 레드도 그대의 죽음을 막지 못할 거야."

박현은 조소를 머금으며 손을 휘저었다.

"다시 찾아와."

그리고 축객령을 내렸다.

앤드류는 부글부글 솟아나는 분노를 애써 누르며 그 자리에서 마나를 일으키려 했다.

굴욕을 피해 최대한 빨리 그 자리를 벗어나기 위함이었다.

"……!"

하지만 박현과 눈이 마주친 순간, 등에 식은땀이 맺혔다.

앤드류는 다급히 텔레포트 마법을 취소했다.

그리고 예를 차려 인사한 후, 걸어서 사무실을 나갔다.

"훗."

박현은 비웃음을 내뱉으며 그에게서 관심을 껐다.

*　*　*

우지끈 우당탕탕탕!

나무로 된 탁자가 나뒹굴고 부서지고.

와장창창!

유리잔이 벽에 부딪혀 산산조각 났다.

뿐만 아니었다.

벽에 걸린 시계며, 온갖 잡다한 잡기들도 부서지며 바닥을 나뒹굴었다.

마치 방 안에 태풍이 휘몰아친 것처럼, 온전한 건 단 하나도 없었다.

아니 있다면 단 하나.

앤드류.

그 홀로 고고하게 눈을 감고 방 안에 서 있을 뿐이었다.

홀로 고귀하게 서 있지만, 이 모든 난장판의 원흉은 바로 그였다.

그는 마나를 외부로 폭주시켜 방 안의 모든 것을 때려 부쉈다.

"후욱— 후욱—."

겉모습은 고요했지만, 그의 숨결은 매우 거칠었다.

동시에 눈동자에도 핏발이 잔뜩 서 있을 만큼 분노한 상태였다.

"밖에 누구 있나?"

앤드류는 신경질적인 목소리로 소리쳤다.

끼익—

누군가가 안으로 들어왔다가 엉망진창이 된 방 안을 보자 몸을 부르르 떨었다.

"치워."

앤드류는 마치 하인 부리듯 일거리를 남기고 방 밖으로 나갔다.

달그락—

그윽한 향의 홍차가 앞에 놓였다.

"이제 진정이 좀 되십니까?"

주한 영국대사가 홍차를 권했다.

"찰스."

앤드류는 찻잔을 들며 그를 불렀다.

"예, 각하."

"이 땅이 아파할 게 뭐가 있지?"

"예?"

"예를 들면 무역 제재나…… 아니야, 무역은 너무 노골적이니, 금융이 좋겠군. 환률을 좀 건든다든가……."

앤드류의 말에 주한 영국대사 찰스의 표정이 순간 굳어졌다.

"……공작 각하."

앤드류는 홍차를 입에서 떼며 그를 쳐다보았다.

"농담일세."

한껏 굳은 영국대사를 보자 피식 웃으며 말했다.

"그러니 표정 풀게. 누가 보면 진짜 그런 줄 알겠어."

찰스 영국대사는 표정을 풀었지만, 속은 더욱 시커멓게 타들어 갔다.

농담이라고 했지만, 결코 농담이 아님을 느꼈기 때문이었다.

'상부에 보고를 올려야겠군. "

찰스 영국대사는 가면을 쓰며 앤드류를 상대했다.

*　　　*　　　*

"앤드류가 사고를 칠 것 같다고?"

레드는 찻잔을 들며 말했다.

"찰스 경의 보고에 의하면 그렇다고 하네요."

그 앞에 기품있게 앉아 있는 노파가 담담하게 보고했다.

"그래, 너는 어쩌면 좋을 것 같니."

"어머니의 뜻대로 하세요."

레드에게 '어머니' 라 부르는 노파는 바로 영국의 여왕이었다.

"호호호, 네게도 골치 아픈 녀석이었나 보구나?"

"세상이 어떤데 아직까지 대영제국의 그림자만 좇고 있으니, 솔직히 피곤하기는 해요."

"대영제국을 여전히 꿈꾸는 건 아니고?"

레드의 말에 엘리 여왕은 그저 다소곳한 웃음만 보였다.
"영악한 년 같으니라고."
레드는 피식 웃었다.
"어떻게 할까요?"
"그냥 냅둬."
"그러다 외교적 마찰이라도 일어나면."
"그건 네가 알아서 한국 정부에 미리 귀띔이라도 해주고."
"하면?"
엘리의 눈동자가 살짝 커졌다.
"제 목숨 제가 끊겠다는데 누가 말릴까."
레드는 피식 웃으며 찻잔을 들었다.

*　　*　　*

♪~♩♪~♩♬~
"말해."
《너무 편하게 전화 받는 거 아니야?》
수화기 너머로 레드의 퉁명스러운 핀잔이 튀어나왔다.
"서로 예를 차리는 게 더 어색하지 않나?"
하지만 그녀의 목소리에서 그다지 기분 나쁜 감정은 느껴지지 않았다. 오히려 적당한 장난기가 느껴졌다.

《그건 그렇지.》

"그나저나 너무 편하게 전화를 건 거 아니야?"

박현도 슬쩍 장난기가 동해 그녀가 했던 말을 돌려주었다.

《…….》

잠시 동안 그녀는 아무 말이 없었다.

《오호호호호호!》

그러더니 큰 웃음을 터트렸다.

《너는.》

"너는?"

《참 재미나.》

레드의 말에 박현이 입꼬리를 말아 올렸다.

《너 지금 입꼬리 말아 올렸지?》

그 말에 박현은 손으로 입술을 더듬었다.

그녀의 말처럼 입꼬리가 말려 올라가 있었다.

《아무 말 없는 걸 보면 내 말이 맞는 모양이네.》

레드가 짓궂게 말했다.

"맞아."

박현은 쿨하게 인정했다.

"그나저나 이번에는 왜?"

《앤드류가 조금 위험한 생각을 하는 모양이야.》

"앤드류?"

《멀린 마탑주.》

"아, 아—."

박현은 알겠다는 듯 고개를 끄덕였다.

"그런데 그걸 내게 알려줘도 되나? 좋든 싫든 너의 수족일 텐데."

《전부터 좀 골치 아팠던 녀석이니까.》

"어떤 의미로 골치 아픈 녀석인지 알겠군."

《전형적인 영국 백인이지. 아~ 런던은 아니고.》

제국주의에 백인우월주의.

《나름 충성스럽지만, 컨트롤이 안 돼.》

"네가?"

《아니, 우리 딸이.》

순간 박현이 눈을 껌뻑거렸다.

《딸이라니까 말문이 막혀?》

"뭐—. 솔직히 딸이 있는지 몰랐군."

《내 딸이 누군지 너도 알걸?》

"누군데?"

《영국 여왕, 엘리.》

"이런."

박현은 그 뜻을 알아차렸다.

"수양딸인가?"

《대대로 영국 왕실의 왕과 여왕은 나의 아들이자 딸이야.》

"그렇군."

박현은 고개를 끄덕였다.

"어쨌든 그자가 사고를 친다 말이지?"

《일단 한국 정부에도 넌지시 알려놨어.》

"고맙군."

어쨌든 고마운 건 고마운 거였다.

《나 팔 하나 잘라내면서까지 널 위한 거야.》

"팔까지는 아닌 거 같은데."

《그래, 그럼 손가락이라고 하지.》

"훗."

《그러니 명심해.》

"……?"

《홍콩, 그리고 마카오.》

그녀의 욕심이 전화기 너머까지 느껴질 정도였다.

"약속하지."

《조만간 새로운 탑주가 인사하러 갈 거야.》

"그래."

그걸로 통화가 끝났다.

"무슨 일이어야?"

서기원이 물었다.

"듣고도 모르냐? 그 녀석이 멋대로 움직인 거 같은데."

조완희가 서기원에게 핀잔을 주며 대략적인 상황을 유추해냈다.

"누구 말이어야?"

"그 재수 없는 마법쟁이."

조완희가 틱틱 말을 쏘아내자.

"풉!"

이선화가 잔웃음을 삼켰다.

"네가 이해해. 이 녀석 은근히 마법사를 싫어해."

박현이 말했다.

아무래도 동양의 술과 서양의 마법이 가지는 동질감과 이질감 때문이리라.

"어쨌든, 선화야."

"예, 오라버니."

"네가 앤드류라는 그 탑주, 밀착 체크 좀 해줘."

"알았어요."

이선화가 고개를 끄덕이며 자리에서 일어났다.

펑—

그때 빗자루가 날아올랐다.

"그냥은 위험하자루! 내가 널 지켜주겠자루."

펑!

삽이 뛰어올랐다.

"나도 있삽! 너의 안전은 내가 지킨삽!"

"그래! 우리 함께 하자루!"

빗자루가 몸을 흔들며 옆으로 비스듬히 눕자.

"너라면 믿을 수 있삽!"

삽도 옆으로 비스듬히 누우며 서로 다가가 X자를 만들었다.

"크로스!"

"크로스!"

펑!

둘은 연기까지 뿜어내며 의기를 투합했다.

그리고는 폴폴 날아가 이선화의 등에 안착했다.

마치 등에 쌍검을 멘 듯…….

삽과 빗자루가 엇갈려 그녀의 양 어깨 위로 머리를 내밀었다.

"……오, 오라버니."

이선화가 박현을 쳐다보았다.

박현은 자신의 소관이 아니라는 듯 서기원을 눈으로 가

리켰다.

"나 이렇게 가요?"

서기원을 쳐다보며 이선화의 눈은 습기로 촉촉해져 갔다.

그리고 서기원은.

"나는 대장을 믿삽!"

"믿자루!"

두 도깨비의 열렬한 목소리에,

스윽—

그녀의 시선을 외면했다.

"후우—."

이선화는 한숨을 내쉬었다.

"다녀올게요."

그녀는 어깨를 축 늘어트린 채 사무실을 나갔다.

"그리 슬퍼하지 마삽! 내가 있삽!"

"그래! 네게는 우리가 있자루!"

그녀의 축 처진 어깨가 자신들 때문이라는 걸 모르는 듯, 두 도깨비는 이선화를 토닥였다.

"네~. 가요, 깨비님들."

*　　*　　*

탁— 탁— 탁— 탁—

애기귀신은 팔짱을 낀 채 발바닥으로 바닥을 마구 치며 삽 도끼비와 빗자루 도깨비를 노려보고 있었다.

『영~ 마음에 안 들어.』

그러더니 이빨 사이로 침을 찍— 내뱉었다.

『어이, 형씨들.』

그리고는 귀여운 생김새와는 달리 껄렁껄렁한 태도를 보였다.

『나가 말이야. 응?』

기도 안 차는 행동에, 삽 도깨비와 빗자루 도깨비는 어이가 없어 잠시 멍하니 애기귀신을 쳐다보았다.

『……똑바로 잘 해라, 알았냐?』

결국 알아서 기라는 소리.

"우와!"

삽 도깨비는 결국 기가 막혀 하며 애기귀신을 내려다보았다.

『뭘 꼬라보고 지랄이야?』

애기귀신이 어울리지 않게 눈을 부라리자.

"요 꼬맹이가 죽을라고, 그러다 이 엉아한테 혼나삽. 으앙!"

삽 도깨비가 호랑이 흉내를 내며 애기귀신에게 겁을 줬지만, 돌아온 것은.

『지랄하고 자빠졌네.』

코웃음이 섞인 명백한 비웃음이었다.

"지, 지, 지랄……. 허어—. 이 맹랑한 꼬맹이를 보았삽?"

"이런 맹랑한 놈을 보앗자루!"

결국 빗자루 도깨비가 나섰다.

"엉덩이에 맴매를 맞아봐야 정신을 차리겠자루?"

빗자루 도깨비가 손바닥을 갈퀴처럼 활짝 펼쳐들었다.

『헹!』

애기귀신은 코웃음을 팽 풀었다.

"안 되겠삽!"

"이 녀석! 혼나야 겠자루!"

두 도깨비가 기운을 스물스물 뿜어내자, 애기귀신이 뒤로 주춤 물러섰다.

『비, 비겁하게 둘이 덤비냐?』

"이놈, 너는 오늘 엉덩이 맴매삽!"

"엉덩이가 불이 날 줄 알아자루!"

두 도깨비가 애기귀신을 향해 뛰어들 때쯤이었다.

『멍청하기는.』

무서워하던 애기귀신이 입꼬리를 비틀어 올렸다.

"……?"

"……?"

두 도깨비는 애기귀신이 갑자기 왜 저러나 했는데.

『우에에에엥!』

애기귀신은 갑자가 눈물을 펑펑 쏟아내며 서럽게 울기 시작했다.

"미쳤삽?"

"요 꼬맹이가 확……."

두 도깨비가 어이없어하며 애기귀신에게 묵직한 꿀밤을 주려는 그때였다.

"괜찮아? 어디 다쳤어?"

이선화가 쪼르르 달려와 애기귀신을 폭 안았다.

애기귀신은 이선화의 품에 안긴 채 두 도깨비를 올려다보며 비릿한 웃음을 지었다.

그러면서.

『끄으으—, 으아아앙!』

애기귀신은 두 도깨비를 향해 혀를 낼름 내밀고는 이선화의 품에 얼굴을 파묻고 다시 서럽게 울기 시작했다.

"우리애기, 왜 울어요?"

『끄으으, 끄읍—.』

"뚝!"

이선화가 나름 다부진 표정으로 애기귀신을 달랬다.

"누가 울렸어요?"

이선화가 묻자.

『히끅.』

애기귀신은 울음을 참는다고 딸국질을 하며 손가락으로 두 도깨비를 가리켰다.

『아저씨들이.』

"아저씨들이?"

이선화는 두 도깨비를 보며 눈초리를 치켜세웠다.

"아저씨들이 어쨌는데."

『우에에에에엥! "

애기귀신은 아무런 설명 없이 이선화의 품에 파묻히며 다시 대성통곡하듯 울음을 터트렸다.

애기귀신은 입으로는 울음을 내뱉으면서 두 도깨비를 향해 비릿하게 입술을 말아 올렸다. 그리고는 엄지손가락을 들어 목을 그어 보였다.

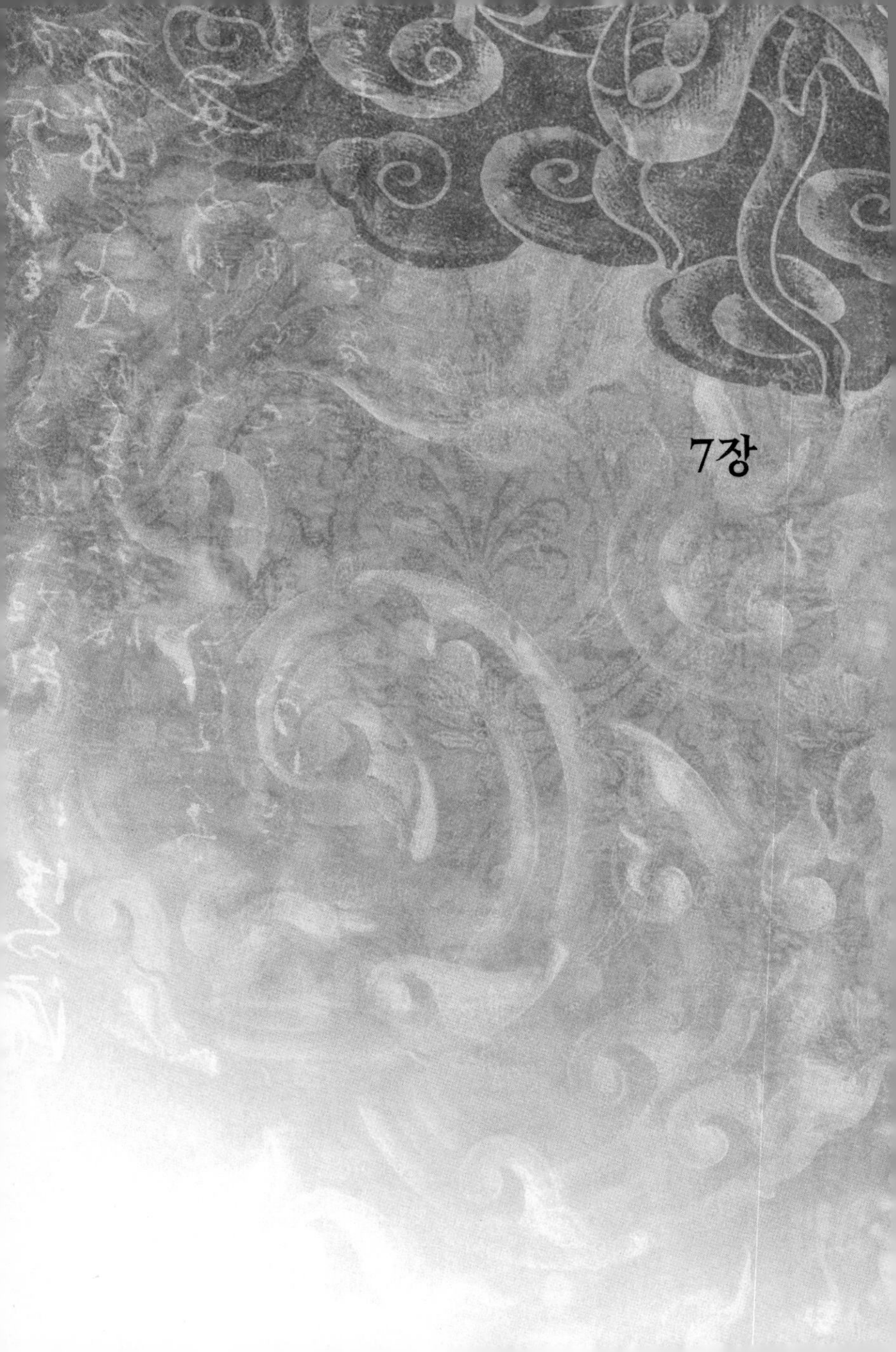

7장

『어이.』

애기귀신이 짝다리를 짚은 채 두 도깨비를 불렀다.

"저, 저놈이……."

삽 도깨비가 몸을 부르르 떨었다.

『이렇게 나온다 이거지?』

애기귀신은 옆구리에 있던 손을 입으로 모으며 배를 크게 부풀렸다.

『누, 읍! 읍!』

큰 목소리로 이선화를 부르려 하자 빗자루 도깨비가 기습하듯 다가가 그의 입을 틀어막았다.

"혹시 사탕 좋아하나?"

빗자루 도깨비가 입을 슬쩍 풀며 눈앞에서 사탕을 흔들었다.

『흐릅!』

애기귀신의 눈이 사탕에 고정되었다.

빗자루 도깨비는 사탕 껍질을 천천히 벗겼다.

"우리 귀여운 애기는 이름이 어떻게 되자루?"

『이름 없어. 그냥 애기님이라고 불러.』

애기귀신은 애타게 사탕을 바라보며 대답했다.

"오구구, 그래자루. 우리 애기님, 여기 사탕.

『후릅!』

마치 호랑이가 먹이를 덮치듯 애기귀신은 단숨에 사탕을 입에 넣었다.

"맛있게 먹으면서 나를 봐자루."

좌르르륵— 팅팅!

빗자루 도깨비는 커다란 캔 가득 담긴 사탕을 보여줬다.

"나 사탕 많자루?"

빗자루 도깨비를 바라보는 애기귀신의 눈이 초롱초롱하게 바뀌었다.

『너는 저놈과 달리 좋은 깨비구나!』

"형이라……, 형은 좀 그렇자루. 삼촌이라 불러자루."

『삼촌!』

애기귀신은 빗자루 도깨비의 품에 안겼다.

“오구구구.”

빗자루 도깨비는 애기귀신을 품에 안으며 자리에서 일어나 삽 도깨비를 쳐다보았다.

“이야! 대단한 재치였삽!”

삽 도깨비가 빗자루 도깨비를 향해 엄지손가락을 치켜세웠다.

“어허! 어디 나랑 맞먹을라고 그러자루?”

애기귀신을 등에 업은 빗자루 도깨비가 삽 도깨비를 향해 야비하게 웃었다.

“아니 그러자루?”

빗자루 도깨비의 말에 사탕을 입에 앙 문 애기귀신이 눈을 희번덕 뜨며 고개를 끄덕였다.

“헐—.”

그에 삽 도깨비의 턱이 아래로 툭 떨어졌다.

“그래, 해보자 이거삽?”

삽 도깨비가 도깨비 주머니에서 아이들이 좋아하는 캐릭터 음료수를 꺼냈다.

『그, 그것은!』

애기귀신이 입을 쩍 벌렸다.

"이것으로 말씀을 드릴 것 같으면 초딩들의 대통령! 뽀로……."

『흥!』

애기귀신이 가당치도 않다는 듯 콧방귀를 꼈다.

『넌 내가 애로 보이냐? 앙?』

더욱 삐뚤어지게 말했다.

"그럼, 이것은 어떠삽?"

『헉! 저, 저것은…….』

음료수에는 귀여운 펭귄이 거만한 자세로 서 있었다.

"이 시대의 진정한 삐딱선! 이름하야……. 팽수!』

『오오오오오!』

"음료수만 있는 게 아니야!"

삽 도깨비는 주머니에서 온갖 굿즈들을 마구 꺼내 흔들었다.

『우오오오오오!』

그에 따라 열광하는 애기귀신의 목소리는 커졌다.

그리고 잠시 후.

"훗!"

삽 도깨비는 빗자루 도깨비를 거만하게 내려다보며 말했

다.

"끓으삽!"

"큭!"

빗자루 도깨비는 고개를 아래로 툭 떨어뜨렸다.

그리고.

『사내새끼들이 다투기는.』

애기귀신이 같잖다는 듯 조소를 머금었다.

잠시 후.

애기귀신은 팽수 모자를 쓰고 망토를 두른 채 근엄하게 서서 사탕을 든 손을 번쩍 들었다.

『가즈아!』

"가즈아!"

"가즈아!"

애기귀신을 목마 태운 두 도깨비가 총총 토끼뜀을 뛰듯 앞으로 나아갔다.

* * *

"쯧."

앤드류는 마음에 안 든다는 듯 찻잔을 던지듯 내려놓았다.

'고작 칭크들에게.'

앤드류는 팔짱을 꼈다.

가끔 눈이 마주친 이들이 눈웃음을 짓자, 앤드류도 같이 웃음을 지어주었다.

'불결하게 피부가 검지를 않나, 눈은 찢어져 보이지 않나. 쯧, 기분이 나쁜 인종들이야.'

앤드류는 다시 찻잔을 들었다.

코를 뭉개버려 다시는 눈을 마주치지 못하게 하고 싶은데, 방법이 없었다.

일단 영국과 한국은 크게 접점이 없었다.

그리고 어제 이후, 영국 대사관에서 자신과 거리를 두는 게 느껴졌다.

"각하."

그때 그를 따르는 수석 마법사가 다가왔다.

"여기 있습니다."

그는 서류 가방에서 얇은 서류를 꺼내 건넸다.

"수고했어."

"아닙니다."

앤드류는 서류를 받아들며 맞은편을 가리켰다.

"앉게. 홍차가 미개한 땅에 어울리지 않게 제법 괜찮아."

"예."

서류에는 아무런 제목도 없었다.

하지만 속지에는 붉은 글씨로 '1급 기밀' 을 뜻하는 도장이 찍혀 있었다.

"쉽지 않았을 텐데."

"이상하게 협조가 되지 않아, 최면을 걸어 슬쩍 빼돌렸습니다."

분명 문제가 있는 행동이었지만, 수석 마법사나 앤드류나 전혀 개의치 않는 모습이었다.

"잘했어."

앤드류는 오히려 칭찬을 하며 서류를 펼쳤다.

1급 기밀이라 적힌 서류에는 한반도를 포함한 동아시아의 정세가 고스란히 적혀 있었다.

"나라도 셋밖에 없는 주제에, 정세가 복잡하군."

앤드류는 피식 웃었다.

"엄밀히 말하면 다섯입니다."

동아시아로 편입되어 있는 국가는 대한민국, 북한, 중국, 일본, 그리고 몽골이었다.

"둘은 신경 쓸 거 없고."

앤드류는 중국과 일본에 주목했다.

'중국이라.'

현재 중국과 한국을 부딪치게 하면 가장 좋겠지만.

'내가 아니더라도 부딪힐 거고.'

무엇보다 레드와 영국 정부의 눈도 중국으로 향해 있었다.

자칫 자신의 행적이 노출되면 곤란해질 수 있다.

아니 확실하게 곤란해진다.

'그러면.'

앤드류의 눈이 일본으로 향했다.

'훗―.'

웃음이 슬쩍 흘러나왔다.

'이건 이거대로 재미있군.'

일본의 신은 죽었으나, 신은 일본의 극우 세력 안에 여전히 살아 있다.

일본 이면을 양분한 이가, 용생구자의 폐안이다.

두 주요 내용이 앤드류의 눈길을 사로잡았다.

톡톡― 톡톡―

앤드류는 손가락으로 탁자를 두들겼다.

스으윽—

그때 묘한 바람이 그를 스치고 지나갔다.

"……!"

앤드류의 눈동자가 살짝 커지며 재빨리 주변을 살폈다.

"왜 그러십니까?"

수석 마법사가 물었다.

앤드류는 그런 수석 마법사를 빤히 쳐다보았다.

'착각인가?'

아무것도 느껴지지 않았다.

"아닐세."

혹시나 모를 일을 대비해 앤드류는 불길을 일으켜 서류를 태웠다.

"잠시 일본 좀 다녀오겠다."

"일본에 말씀이십니까?"

"알리바이 만들어 놓도록 하고."

"얼마나 머무실 건지요?"

"흠, 두어 시간 정도면 되겠군."

그리 길지 않은 시간이었다.

"알겠습니다."

잠시 후, 앤드류와 수석 마법사가 카페를 나서고.

스르륵—

땅에서 애기귀신이 쑥 솟아났다.

『봤어?』

펑!

인테리어로 걸린 자그만 싸리 빗자루가 펑 연기를 내며 도깨비로 변했다.

"봤자루."

빗자루 도깨비가 '흐흐!' 웃었다.

『히히히.』

그 웃음에 애기귀신도 사탕을 빨며 음침하게 웃었다.

*　　*　　*

"일본이라고?"

박현의 물음에 이선화의 치맛자락을 꼭 잡고 있는 애기귀신이 고개를 끄덕였다.

"정확히 설명해 봐."

박현의 말이 조금 딱딱해서일까.

애기귀신은 이선화 뒤로 숨으며 애처로운 눈으로 두 도깨비를 쳐다보았다.

『……삼촌.』

"우와—, 저 가식."

삽 도깨비가 순간 어이가 없어하며 저도 모르게 중얼거리려 했다.

툭—

그때 빗자루 도깨비가 얼른 삽 도깨비의 옆구리를 툭 쳤다.

그리고 나서야 정신이 확 들었다.

그제야 삽 도깨비는 이선화 뒤에서 게슴츠레한 눈으로 노려보는 애기귀신의 눈빛을 발견할 수 있었다.

"흠흠."

삽 도깨비는 헛기침으로 무안함을 슬쩍 감췄다.

"어찌 된 일이냐면자루."

그 사이 빗자루 도깨비가 관찰한 앤드류의 행적을 샅샅이 보고했다.

"폐안, 폐안이라."

박현이 얼음장처럼 차갑게 미소를 지었다.

그 감정은 고스란히 그의 기세에도 담겼다.

쏴아아아아—

한겨울 시베리아 벌판처럼 살갗이 아프도록 추워지자 다들 몸을 움츠렸다.

"진정해야."

서기원이 발로 박현의 발을 톡 건드렸다.

"이런, 미안."

박현은 기운을 거두며 자리에서 일어났다.

"혼자 움직이게?"

조완희.

"굳이 그런 놈 하나 죽이는데 다 같이 움직일 필요가 있을까? 갔다 올게."

박현은 손을 들어 인사를 하고는 그 자리에서 사라졌다.

* * *

"그나마 주제를 아는 칭크들이로군."

앤드류는 비굴할 정도로 저자세를 보이는 일본인들을 보며 흡족한 미소를 지었다.

카페에서 그렇게 시간을 보내고 있는데, 경차가 까페 앞에 정차했다.

앤드류는 처음 보는 차였지만, 익숙하게 그 차에 올라탔다.

"페안 쪽은?"

"탑주님, 여기서는 그 이름으로 부르면 안 됩니다."

일본 영사관에 지원 나온 마법사가 조심스럽게 충고했다.

"자존심, 뭐 그런 건가?"

앤드류는 코웃음을 치며 물었다.

"페안은 일본 내에서 철저하게 일본의 신입니다. 동시에 유일한 희망이죠."

"흥!"

앤드류는 한 번 더 코웃음을 쳤다.

"미개한 놈들이 꼭 그런 자존심을 세우지."

"……."

마법사가 좀 더 주의를 주고 싶어하는 눈치였지만, 쉽게 입을 열지 못했다. 왜냐하면 앤드류는 그가 몸 담고 있는 마탑의 탑주였기 때문이었다.

더욱이 지독히 권위주의를 내세우기도 하였고.

"그리 아둔하지 않으니, 출발해."

"옙."

마법사는 차를 조작해 대로로 나왔다.

"근데 차가……."

평생 경차라고는 타본 적이 없던 앤드류였다.

아니, 아마 그는 경차라는 것이 있는지도 몰랐을지도 모른다.

그는 불편한 듯 몸을 조금 뒤척였다.

"죄, 죄송합니다."

마법사가 식은땀을 흘리며 용서를 구했다.

"아무 생각 없이 가져왔을 리는 없고."

주변을 살펴보니 도로 위에는 다 고만고만한 크기의 경차밖에 없었다.

심지어는 밴이나 트럭도 경차였다.

"빨리 가기나 해."

"예."

마법사는 조금 더 악셀을 깊게 밟았다.

부아아앙—

차는 한참을 달려 전용차로에서 빠져 한적한 길로 들어섰다.

* * *

하늘 위, 그리고 태양 아래.

박현이 서 있었다.

그는 팔짱을 낀 채 달리는 차를 내려다보고 있었다.

차가 달리는 그 길 끝에, 스미요시카이가 있다.

"어지간하면 살려는 주려 했는데."

박현의 눈빛이 가늘어졌다.

팡—

박현의 신형이 그 자리에서 사라졌다.

* * *

끼익—

경차가 일본 장원 앞에 서자, 검은 정장을 입은 사내 몇이 다가왔다.

"기다리고 계십니다."

중간 보스로 보이는 이가 보조석 문을 열며 야쿠자 특유의 자세로 인사했다.

앤드류는 당연하다는 듯 권위적인 자세로 차에서 내렸다.

"저를 따라오시면 됩니다."

앤드류는 사내를 따라 위압감마저 느껴지는 정문으로 향했다.

끼익—

굳게 닫혔던 정문이 활짝 열리고.

척— 척— 척—

안채까지 길게 이어진 길 양쪽으로 사내 수십 명이 서 있었다.

그리고 앤드류를 보자 무릎을 손으로 짚으며 허리를 숙였다.

'흠.'

순간 침음이 삼켜질 정도로 엄청난 압박감이 느껴졌다.

'흥!'

하지만 앤드류는 그걸 순순히 받아들이지 않은 채 거만하게 발을 내디뎠다.

그렇게 안내된 곳은 일본식으로 꾸며진 응접실이었다.

하지만, 동시에 얇은 장지문을 열면 가주실이 되기도 하는 독특한 구조였다.

"처음 뵙겠소."

앤드류는 페안을 보자 손을 뻗어 악수를 청했다.

페안은 악수를 청하는 손에는 일절 시선조차 주지 않고 앤드류를 지그시 쳐다볼 뿐이었다.

'쯧.'

앤드류는 마음에 안 들지만 손을 거두며 허리를 숙였다.

"멀린 마탑의 앤드류라 하오."
일본식으로 인사를 건넸다.
"류오코."
폐안은 자신의 이름만 툭 던진 뒤 맞은편을 가리켰다.
"방석을 내드려라."
폐안의 명에 야쿠자 하나가 재빨리 두툼한 방석을 가져왔다.
"앉지."
모욕감에 앤드류는 턱을 꽉 깨물며 자리에 앉았다.
하지만 그는 그런 감정을 표출할 수 없었다.
왜냐하면 폐안에게서 느껴지는 기세는 '레드'에 결코 뒤지지 않았기 때문이었다.
"감사하오."
앤드류는 폐안이 앉아 있는 자세처럼 무릎을 꿇고 그와 마주 앉았다.
"그래, 나를……."
폐안은 앤드류를 보며 입을 열다가 입을 꾹 닫았다.
그리고는 방구석을 쳐다보았다.
자연스럽게 앤드류의 시선도 그를 따라 움직였다.
"……!"
앤드류의 눈이 부릅떠졌다.

왜냐하면 방구석에 박현이 서 있었기 때문이었다.
"오랜만이군."
"건강해 보입니다."
"내가 건강하지 않을 이유가 있나?"
페안은 실없는 소리 말라는 듯 손짓으로 불렀다.
"방석 하나 더 내와."
페안의 말에 야쿠자가 분주히 움직이려는 그때였다.
"필요 없어."
"……?"
박현의 거부에 페안이 미간을 찌푸렸다.
동시에 박현이 앤드류에게로 다가가 그의 머리카락을 움켜잡았다.
"어차피 이 방석이 빌 겁니다."
"훗!"
페안은 그런 박현을 보며 피식 웃음을 터트렸다.
"너, 너!"
박현의 손에 머리카락이 잡힌 앤드류가 발악하듯 마나를 일으켰지만.
쿵!
박현은 주변의 기운을 동결시키며, 그를 짓눌렀다.
"꺽!"

자신의 뜻대로 꿈틀거리던 마나가 동결되자 그는 순간 심장에 무리가 갔다. 거기에 동결된 기운이 그를 짓누르자 고통을 이기지 못하고 바닥으로 허물어졌다.

"끄으—."

박현은 그의 머리카락을 움켜쥔 채, 폐안을 바라보며 품에서 부적 2장을 꺼냈다. 그리고 폐안 쪽을 바라보았다.

"걱정 마라. 조금만 늦었으면 내 손님이었겠지만, 지금은 아니니."

폐안이 끼어들지 않겠다 선언하자, 박현은 씨익 웃으며 앤드류의 심장과 이마에 부적을 붙였다.

"끕!"

아주 짧은 신음과 함께 그의 몸은 목석처럼 옆으로 쓰러져 넘어졌다.

"가져가기 편하게 포장 좀 해줘."

박현은 몸이 굳어 움직일 수 없는 앤드류를 발로 툭 차듯 야쿠자 앞으로 던졌다.

쿵!

야쿠자는 발치에 떨어진 앤드류를 바라보며 순간 어쩔 줄 몰라 했다.

"캐리어 하나 구해서 처박아 줘."

결국 폐안이 명을 내렸다.

"하잇!"

그 명에 야쿠자들이 바삐 움직이기 시작했고, 박현은 페안 앞에 앉았다.

"오랜만입니다."

박현이 페안을 보며 씨익 웃었다.

"그러게. 오랜만이군."

페안도 그 웃음에 화답하듯 웃음을 보였다.

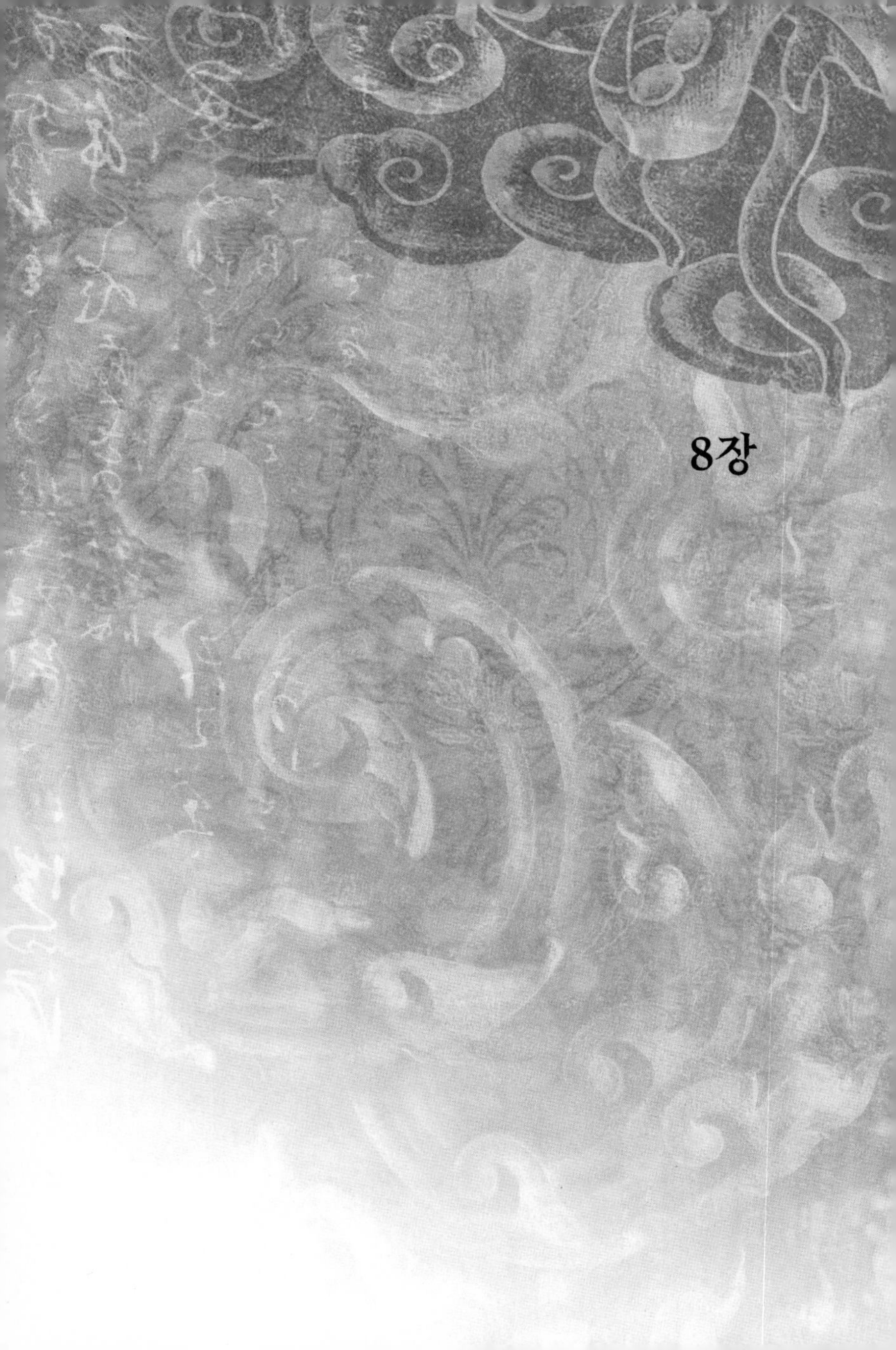

8장

박현, 그리고 폐안.

둘은 마주 앉아, 서로를 바라보며 미소를 짓고 있었다.

얼핏 보면 반가움에 더할 나위 없이 기뻐하는 듯 보였지만, 서로를 향한 눈빛은 얼음장처럼 차갑기 그지없었다.

"우리가 이렇게 마주 앉을 줄은 몰랐군."

"저 역시도."

박현은 그 사이 앞에 놓인 말차를 한 모금 마셨다.

"역시, 너는 대범해. 나는 그런 너의 대범함을 좋아했었지."

페안도 말차를 들었다.

"저 역시 페안 님의 냉철함을 좋아했었죠."

"훗."

페안은 피식 실소를 삼켰다.

"특별한 용건이라도?"

박현의 성격을 잘 아는 페안이었다.

아무런 의미 없이 자신과 마주하지는 않았을 터, 자신과 마주했다는 건 분명 용건이 있다는 뜻이다.

"상호불가침 조약."

"우리가?"

박현의 말에 페안이 어이없다는 듯 쳐다보았다.

"설마요."

박현도 말도 안 되는 소리는 하지 말라는 듯 페안을 쳐다보았다.

"이 땅 말입니다."

박현은 손가락으로 바닥을 톡톡 두들겼다.

"나도 그러고 싶다만……, 미래의 일은 모르지."

페안은 보란 듯이 입꼬리를 말아올렸다.

"그냥 경고입니다, 경고."

박현도 페안과 마찬가지로 입꼬리를 말아올렸다.

"경고라……."

폐안이 말차를 입으로 가져가며 박현을 노려보았다.
"본인은 정말 형님을 죽이고 싶지 않거든요."
박현에게서 시퍼런 살기가 번뜩이다 사라졌다.
당연히 폐안이 그 살기를 못 느꼈을 리 없었다.
"그런가?"
폐안은 말차를 내려놓으며 박현을 뚫어져라 쳐다보았다.
"나는 너를 정말로 죽이고 싶은데, 말이지."
"말이 그렇다는 겁니다."
박현은 능청스러울 정도로 그 말을 받아주었다.
"저 역시 왜 형님을 안 죽이고 싶겠습니까?"
박현은 여유롭게 찻잔을 들었다.
"그래도 면전에서 죽이겠다고 말하기는 좀 그렇지요."
박현은 말차를 마시며 폐안의 시선과 마주했다.

"뭐라?"
"이 새끼가!"
"너 죽고 싶냐? 앙?"
응접실 구석에 있던 야쿠자들이 반쯤 자리에서 일어나며 험악한 말들을 쏟아냈다.
쿵!
커다란 북이 울리듯 공기가 울렸다.

우당탕탕탕!

"허억!"

"꺽!"

"커헉!"

반쯤 몸을 일으킨 야쿠자들이 커다란 돌멩이에 짓눌린 개구리처럼 바닥으로 자빠졌다. 그리고 무게에 짓눌려 파닥파닥 몸부림쳤다.

하지만.

우지끈— 텅— 텅!

나아지기는커녕 나무로 된 바닥이 뒤틀리고 금이 가며 움푹움푹 무너지기 시작했다.

야쿠자들의 얼굴에 핏줄이 서며 붉어지고, 눈알이 서서히 튀어나왔다.

그리고 코와 귀에 핏물이 비칠 때였다.

후아아악!

거친 기운이 마치 칼날처럼 예리하게 박현의 기운을 베고 지나갔다.

"심술이 지나쳐."

페안의 칼날이 사라지고, 박현의 압박도 사라졌다.

"형님만 하겠습니까?"

박현은 자리에서 일어났다.

"현아."

웬일로 페안이 박현을 다정하게 불렀다.

"……?"

"네 목숨은 내가 거두고 싶다."

다정한 목소리와 달리 그가 한 말은 섬뜩할 정도로 살심이 가득했다.

"그건 저도 마찬가지입니다."

박현이 씨익 웃으며 대답했다.

"다음에 만나면 네가 죽는 날이 되겠구나."

"글쎄요."

"후후."

"그날이 기대되면 본인이 그은 선을 넘으시면 됩니다."

"그래, 그 선."

박현은 몸을 돌려 그 자리에서 나왔다.

복도에는 커다란 검은색 캐리어가 놓여 있었다.

박현은 캐리어 손잡이를 잡은 채 축지를 밟아 사라졌다.

박현이 사라진 곳을 쳐다보며 페안이 눈가를 찌푸릴 때였다.

쿵쿵쿵쿵—

묵직한 발걸음 소리와 함께 시사와 호야우 카무이가 모습을 드러냈다.

"주군."

실질적으로 스미요시카이와 이나가와카이를 이끌어가는 시사와 호야우 카무이의 눈과 귀가 닿지 않는 곳은 없을 터, 아마 박현이 하고 간 경고 역시 이미 들어 알고 있을 것이 분명했다.

"어쩌실 생각이신지요?"

시사가 격정을 누르며 물었다.

"둘은 달라진 그 녀석을 보지 못했지?"

폐안은 손바닥을 슬쩍 펼쳤다.

"손바닥에 땀이 찰 정도로 긴장했었어."

그 말에 시사와 호야우 카무이의 표정이 딱딱하게 바뀌었다.

"그렇다고 해서 겁을 내고 꼬리를 만 건 아니야."

폐안이 씨익 웃음을 지어 보였다.

"그리고."

폐안이 몸을 앞으로 살짝 구부렸다.

"나 또한 야쿠자지."

눈빛이 서슬 퍼렇게 바뀌었다.

"야쿠자는 협박하는 존재지, 협박받는 존재는 아니지. 안 그런가?"

"명을 내려주십시오."

"명을 내려주십시오."

시사와 호야우 카무이가 동시에 입을 열었다.

"당장은 아니야."

그 말에 시사와 호야우 카무이의 얼굴에 살짝 실망감이 드러나려는 그때였다.

"슬슬 건드려 봐."

"슬슬 말입니까?"

호야우 카무이의 눈빛이 반짝였다.

"어디를……."

"둘 다."

시사의 물음에 폐안이 씨익 웃었다.

"일단 어떻게 나오는지 보자고."

"하잇!"

"하잇!"

시사와 호야우 카무이는 고개 숙여 복명했다.

그 시각.

하늘 위, 그리고 태양 아래.

태양 빛 속에 박현이 커다란 캐리어를 든 채 서 있었다.

그는 폐안의 대저택에서 빠르게 흩어지는 야쿠자들을 쳐다보았다.

그리고 시사와 호야우 카무이도.

"훗."

박현은 갑자기 빠르게 돌아가는 분위기를 보며 피식 웃음을 터트렸다.

과연, 야쿠자답다.

아니, 폐안답다고 해야 하나?

"고맙습니다."

박현은 폐안을 떠올리며 감사의 인사를 올렸다.

"먼저 움직여줘서."

그리고 애틋한 한 얼굴을 떠올렸다.

"당신의 목을 내 할머니의 영정 앞에 바칠 수 있게 해줘서."

팡—

그리고 박현의 신형이 그 자리에서 사라졌다.

*　　*　　*

위장용 사무실.

탁다닥— 타다닥—

박현은 회의용 탁자에 앉아 손가락으로 탁자를 두들기며 커다란 캐리어를 쳐다보고 있었다.

"저걸 어쩐다?"

캐리어 안에는 멀린 마탑주 앤드류가 구겨져 있었다.

그냥 죽이면 간단하지만.

레드를 체면을 생각해 조용히 그를 넘겨주기로 마음을 먹었다.

박현은 오성식을 통해 영국대사관에 전화를 넣었다.

"데려가."

*　　*　　*

쾅!

주한 영국대사가 탁자를 주먹으로 내려쳤다.

"이런 멍청한!"

영국대사는 화를 꾹 참으며 전화기를 다시 들었다.

"해롤드 참사관 좀 들라고 전해."

해롤드 참사관은 외부에 알려진 것과 달리 M16 소속 요원이었다.

"부르셨습니까?"

십여 분 후, 평범하게 생긴 중년 사내, 해롤드 참사관이 대사실로 들어왔다.

"마탑주가 겁도 없이 이 땅의 하늘에게 어쭙잖게 장난치다가 잡혔네."

"예?"

해롤드는 믿을 수 없다는 듯 눈을 동그랗게 떴다.

"혹시 장미께서……."

붉은 장미는 레드를 일컫는 암어였다.

"그게 아니라는 건 나보다 자네가 더 잘 알지 싶은데, 아닌가?"

해롤드도 레드와 삼족오가 동맹을 맺었음을 이미 알고 있었다.

"일단 그게 중요한 게 아닐세. 어서 가서 마탑주의 신병을 인도받아 본국으로 소환시키게."

"알겠습니다."

"그리고."

"……?"

"함께 온 마법사들에게 일단 함구하고. 더 사고를 치면……."

"더 말씀을 하지 않으셔도 알겠습니다. 마탑이 아닌 곳을 통해 본국으로 소환하겠습니다."

해롤드는 그 즉시, M16 요원을 소집해, 박현이 있는 일산으로 향했다.

*　　*　　*

동시에.

"탑주께서 위험하다. 서둘러라!"

앤드류 마탑주와 함께 들어온 네 명의 마법사들도 빠르게 움직이기 시작했다.

"우리의 목표는 M16의 손에서 탑주를 구출하는 것이다."

수석마법사의 말에 마법사들이 은밀하게 사라졌다.

*　　*　　*

영국에서, 아니 연영방국가에서 국빈대우를 받는 마탑주가 이런 싸구려 캐리어에 처박혀 있다니.

"휴우—."

한숨이 절로 나왔다.

"……!"

한숨 소리가 자신의 귀에 들리자, 해롤드는 화들짝 놀라며 박현의 눈치를 살폈다.

"놀라지 않아도 됩니다. 본인 같아도 한심해서 한숨이 나왔을 테니까."

"……이해해 주셔서 감사합니다."

해롤드는 한국식 예법에 맞춰 허리 숙였다.

"피차 좋은 일도 아니고, 그만 데리고 가보세요."

박현이 손을 휘휘 젓자, 해롤드는 함께 온 M16 요원 둘에게 눈치를 보냈다.

그에 두 요원은 절도 있지만, 빠르게 캐리어를 가지고 사라졌다.

"그럼."

해롤드는 정중하게 인사를 올린 후, 사무실을 빠져나갔다.

"어찌할까요?"

캐리어를 쥔 요원이 어찌할 바를 몰라 하며 해롤드의 눈치를 살폈다.

"일단 트렁크에 처박아 둬."

"예?"

"하라면 해."

"옙!"

요원은 해롤드의 명에 지하주차장에 주차한 차 트렁크에 넣었다.

"가지."
해롤드의 명에 외교 번호판을 단 차량이 건물을 빠져나갔다.

차량이 자유로로 올라갔다.

차량과 비슷한 속도로 따라붙는 검은 인형이 있었다.
《목표 포착.》
마법사는 미리 지정해둔 상대를 향해 매직보이스를 보냈다.
《시작해라.》
《옛썰!》
마법사는 '좌표가 지정된 텔레포트' 메모라이즈 마법이 새겨진 양피지를 찢어 자동차 앞에 마법진을 활성화시켰다.
후아아악!
빠르게 달려 나가던 자동차 앞으로 푸른 반원이 피어났고, 자동차는 그 반원 안으로 사라졌다.

* * *

박현의 사무실을 빠져나온 차 안은 온통 침묵뿐이었다.

"쯧."

해롤드는 이 상황이 마음에 안 드는지 혀를 나직하게 찼다.

그 소리에 침묵뿐인 차 안의 공기가 더 무겁게 변했다.

"한숨 잘 테니까, 공군기지에 도착할 때쯤 깨워."

"옛썰."

해롤드는 운전석에 앉아 있는 요원의 대답을 듣고는 팔짱을 끼며 눈을 감았다.

얼마의 시간이 지나지 않아.

"티, 팀장님!"

다급한 목소리에 해롤드가 눈을 번쩍 떴다.

그런 그의 눈을 뒤덮은 건 푸른 빛이었다.

'텔레포트!'

반원의 빛이 무얼 뜻하는지 해롤드는 금세 알아차렸다.

"마법사들이다!"

그 말에 요원들은 재빨리 품에서 총을 꺼내들었다.

그리고 그 순간.

쾅!

엄청난 힘이 승용차의 본네트를 내려찍었다.

*　　*　　*

인천 어느 폐차장.

달깍—

캐리어가 열리자, 그 안에는 한 사내, 앤드류가 구겨지듯 웅크리고 있었다.

정신을 잃은 건 아닌 듯 눈을 또랑또랑하게 뜨며 캐리어를 연 자신의 수하이자, 수석마법사 랄프를 향해 눈동자를 굴렸다.

몸이 구속된 것을 알아차린 랄프 수석마법사는 재빨리 그의 몸을 뒤졌다.

이내 그의 가슴과 이마에 붙어 있는 누런 종이, 부적을 발견했다.

수석마법사 랄프는 재빨리 그의 몸에서 부적을 뗐다.

"후우—."

앤드류는 그제야 숨이 쉬어지는 듯 크게 숨을 내쉬며 몸을 일으켰다.

오랜 시간 몸이 구속된 탓에 몸이 뻣뻣했던지 앤드류는 인상을 찌푸리며 몸 곳곳을 주물렀다.

"시작해."

랄프가 조용히 명을 내리자 마법사가 머리 위로 손짓했다.

부르르릉— 우아앙!

육중한 집게 중장비가 검은 승용차 앞으로 다가가 커다란 집게를 들이밀었다.

우지끈— 그극! 파장창창창!

커다란 집게는 핏물로 점철된 검은 승용차를 우그러트리며 허공으로 번쩍 들어올렸다.

그리고는 폐차장 압축기에 차량을 던지듯 밀어 넣었다.

카가가가가각— 카각!

압축기는 느리지도 않고 빠르지도 않게, 서서히 차량을 한 덩이의 고철 더미로 만들어버렸다.

두둑— 두둑!

앤드류는 목을 틀며 그 모습을 끝까지 지켜보았다.

"안타까운 일이군."

"예?"

뜬금없는 말에 랄프가 의아한 표정을 지었다.

"대영제국의 칼 한 자루가 사라지지 않았나?"

"그, 그렇습니다."

"그 칼날을 부러트린 놈을 제거해야겠지."

앤드류의 눈에서 시퍼런 살기가 피어났다.

"놈이라면."

"칭크의 신. 까마귀를 죽여야겠어. 까드득!"

앤드류가 이빨을 갈았다.

"하오나."

문제는 삼족오가 대영제국의 구심점인 레드와 동맹이라는 것이었다.

"흑탑을 깨운다."

"흐, 흑탑이라니요?"

그렇게 묻던 랄프가 눈을 부릅떴다.

"서, 설마!"

랄프만이 아니었다. 그를 따르는 세 명의 마법사들도 경악했다.

"그들이 아직까지……."

"마탑, 아니 마탑주의 숨겨진 비수지."

앤드류는 마탑주를 상징하는 목걸이를 뜯듯 풀었다.

그리고 숨겨진 마법진을 활성화시켰다.

* * *

"항상 고맙네."

"당연한 말씀을 하십니다."

엘리 여왕에게 시녀장 엠마가 푸근한 미소를 지었다.

"앉게."

엘리 여왕의 권유에 시녀장 엠마는 그녀 옆에 앉아 친구가 친구를 대하듯 편안하게 티타임을 가졌다.

소소한 일상 이야기가 오갈 때였다.

푸학!

시녀장 엠마의 목에서 녹빛이 터져나왔다.

그 순간, 엘리 여왕의 눈매가 가늘어졌고, 시녀장 엠마의 눈썹이 꿈틀거렸다.

그리고는 누가 먼저 할 것도 없이 서로를 쳐다보았다.

"기어코 사고를 치네요."

시녀장 엠마의 말에 엘리 여왕이 옅은 한숨을 내쉬었다.

"어찌할까요?"

시녀장 엠마가 물었다.

"그대의 적자이자, 여왕으로 명합니다. 내 앞에 데려오세요."

엘리 여왕의 명이 떨어지자.

"모건 르 페이[1)]의 이름으로 명을 받드옵니다."

푸학!

엠마의 몸은 수증기가 되어 사라졌다.

흑탑이라는 별칭으로 불리는, 마녀들의 탑.
그 탑의 마녀들이 움직이기 시작했다.

*　　*　　*

《내가 참 할 말이 없다.》
"……."
박현은 레드의 말에 아무 말도 하지 않았다.
《왜 아무 말이 없어?》
"그럼 본인이 무슨 말을 할까?"
《……?》
"집안 단속을 잘 하라고 할까? 아니면……."
박현은 심드렁하게 말을 꺼냈는데, 그게 속을 박박 긁은 모양이었다.
《스탑!》
레드의 앙칼진 목소리가 수화기를 타고 넘어왔다.
《젠장!》
"어쨌든 소식 전해줘서 고맙고, 내 손으로 안 넘어오게 해주라. 나 지금부터 매우 바쁘다."
《쳇! 마무리되는 대로 새로 마탑 애들, 아니다! 마녀 몇 보내줄게.》

“마녀?”

《뚜— 뚜— 뚜— 뚜—》

심통이 났는지 레드는 인사도 없이 전화를 끊어버렸다.

“훗.”

박현은 끊긴 전화기를 잠시 내려다보며 피식 웃음을 터트렸다.

‘그나저나 마녀라.’

박현은 전화기를 주머니에 넣었다.

‘쓸 만한 이들이면 좋겠군.’

박현은 입술을 슬쩍 말아 올렸다.

* * *

끼익!

주한 영국대사, 집무실의 문이 열리고.

또각 또각 또각—

눈에 번쩍 뜨일 정도로 아름다운 여인 열 명이 나왔다.

“수고해요.”

앞장 서 있는 금발의 여인, 엠마가 남자 비서를 향해 윙크를 살짝 날리며 지나갔다.

“쪽—!”

"아잉!"

그녀 뒤를 따르는 여인들은 손으로 키스를 날리거나, 윙크를 하는 등 매혹적인 인사를 남기고 지나갔다.

"아얏!"

헤벌레 그 모습을 지켜보던 남자 비서를 보다 못한 여자 비서가 옆구리를 확 꼬집었다.

옆구리에 불이 난 것만 같은 고통에 남자 비서가 순간 뛰어올랐다.

"잘 한다, 잘~ 해요."

"큼!"

여자 비서가 비꼬자 남자 비서는 헛기침을 내뱉으며 시선을 외면했다.

"근데, 웬 여인들이지?"

"그런데, 대사관님 사무실에 아무도 들어가지 않았지 않나?"

"그, 그러게."

똑똑!

그때 대사실 문에서 문기척 소리가 났다.

"대, 대사님."

고개를 돌려보니 대사가 문에 기댄 채 주목하라는 의미로 직접 노크를 한 것이었다.

그리고는 아무 말 없이 손으로 입에 자크를 채우는 시늉을 했다.

비밀로 하라는 뜻.

남자 비서와 여자 비서는 입을 꾹 닫은 채 고개를 끄덕였다.

*　　*　　*

"어머! 생각보다 세련된 도시네."

"그러게. 좀 걱정했었는데."

"이년들아, 여기가 세계 경제 11위 국가야. 영국과 그리 큰 차이가 안 나."

대사관을 나서며 여인들의 수다가 폭발했다.

"다들 조용."

엠마가 나직하게 명하자, 그녀들의 수다는 거짓말처럼 사라졌다.

"일곱은 머저리한테로, 셋은 이 땅의 왕에게로."

엠마는 마녀들을 쳐다보며 입을 열었다.

"왕에게로 갈 마녀 있니?"

그리고는 싱긋 웃었다.

*용어

1) 모건 르 페이: 모건 르 페이. 그녀에 대한 이야기는 매우 다양하다. 여러 설화에서도 다뤄지는데, 영국 신화에서는 바다의 요정으로, 켈트 신화에서는 요정들의 여왕으로 등장하기도 한다. 그 밖에도 영국 웨일즈 뿐만 아니라 프랑스에서도 등장한다. 또한 아서왕의 배다른 누이이자 마녀로, 때로는 멀린 마법사의 제자, 혹은 타고난 마녀로 등장하기도 한다. 본 소설에서는 여러 설화를 취합해 캐릭터를 설정하였다.

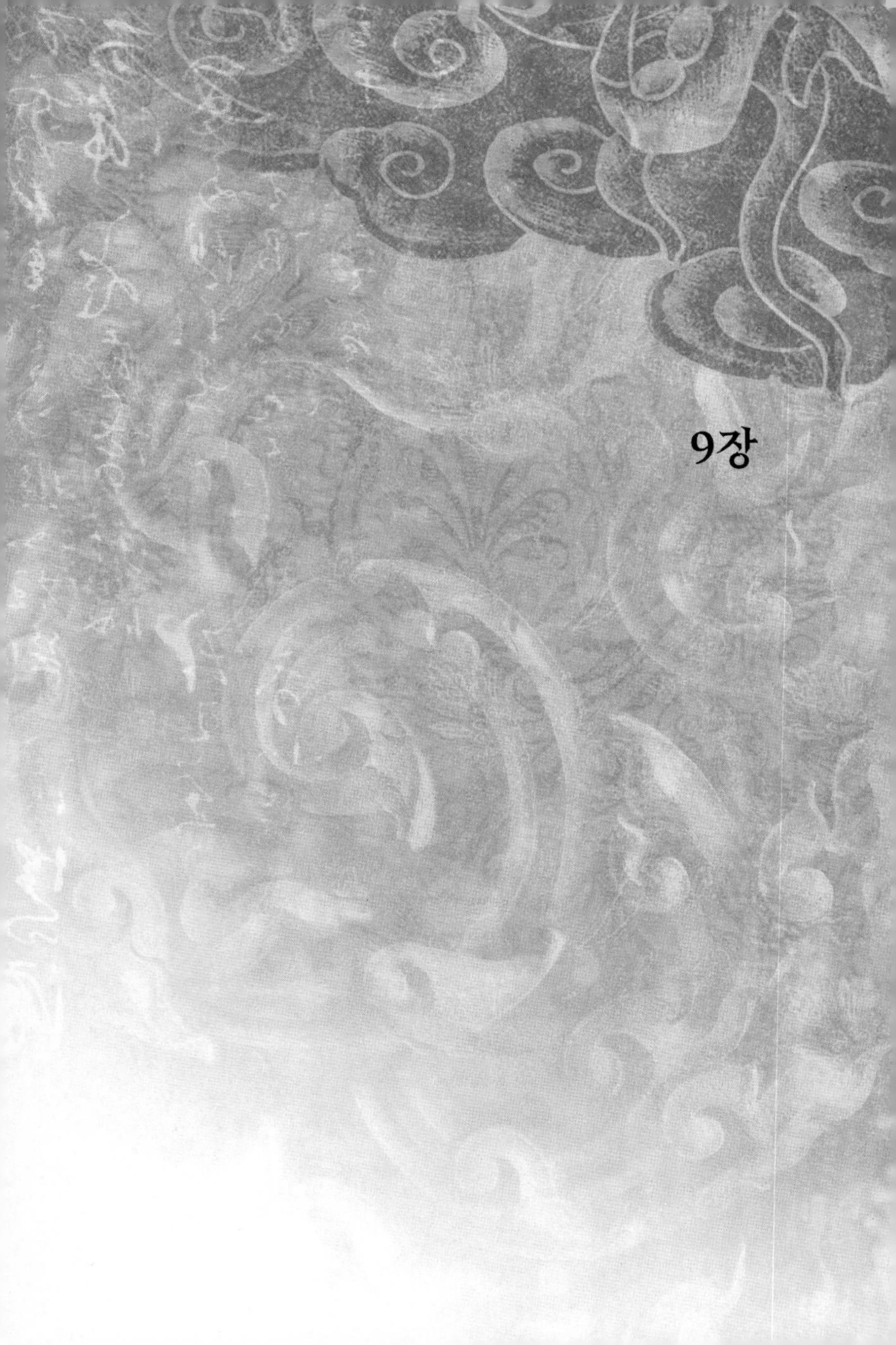

9장

"이 땅의 왕에게 인사 올립니다."

"만나 뵙게 되어서 영광입니다, 왕이시여."

"안녕하세요오오~."

여인 셋, 아니 마녀 셋이 요염한 색기를 흘리며 인사 올렸다.

"헤에~, 반가워야."

서기원은 눈이 풀린 얼빠진 모습으로 그녀들을 쳐다보며 손을 흔들어 인사했다.

"안녕, 귀여운 오빠."

"헉!"

서기원은 양손으로 왼쪽 가슴을 움켜잡으며 옆으로 쓰러졌다.

"시, 시, 심……."

"심, 뭐?"

조완희가 어이없다는 듯 콧방귀를 뀌며 되물었다.

"쿵!"

쿵!

서기원은 탁자 위로 엎어졌다.

"그래, 쿵이다!"

조완희가 발을 뻗어 서기원이 앉아 있는 의자를 차버렸다.

쿵!

"으메!"

서기원은 의자가 사라지자 그대로 엉덩방아를 찧었다.

"이눔의 시키가."

서기원이 가벼운 몸놀림으로 훌쩍 뛰어올라 서며 조완희 앞에 서서 눈을 부렸다.

"시키? 시키?"

조완희도 지지 않고 자리에서 일어나 눈을 치켜세웠다.

"안 되겠어야. 내 오늘 너를 응징하겠어야!"

"네가 감히?"

둘은 뒤로 한 걸음씩 물러났다.

서기원이 천천히 주먹을 말아올렸다.

"대야."

"대기는 뭘 대?"

조완희가 양손을 활짝 펼쳤다.

파지직!

둘 사이에 불꽃이 튀었다.

"흐엇!"

"합!"

둘은 동시에 기합을 터트리며 서로를 향해 손을 뻗었다.

"안 내면 진다, 가위바위보!"

"안 내면 진다, 가위바위보!"

박현은 진지하게, 그것도 거센 기운을 풀풀 흘리며 가위바위보를 하는 둘을 보며 이마를 턱 짚었다.

그리고.

마녀 셋은 황당한 표정으로 둘의 진지한 대결을 쳐다보고 있었다.

"가위바위보!"

"가위바위보!"

"가위바위보!"
"가위바위보!"
"안 내면 진다, 가위바위보!"
"안 내면 진다, 가위바위보!"

이후로 둘은 참으로 열심히 가위바위보를 통해 승부를 벌였다.

*　　　*　　　*

"초면에 실례가 많았군."
"아, 아닙니다."
박현의 사과에 세 마녀 중 맏이로 보이는 여인이 어색하게 사과를 물렸다.
"그래, 레드가 보냈나?"
"여왕께서 보냈습니다."
"여왕?"
"네."
"혹시 내가 아는 영국 여왕을 말하는 건가?"
"그렇습니다."
그 말에 박현은 고개를 끄덕였다.

"그나저나 이름은?"

그러고 보니 자신을 소개하지 않았다는 걸 깨달은 마녀 셋은 정식으로 인사를 올렸다.

"마녀장 틸다라고 합니다."

"마녀 에밀리입니다."

"마녀 케이트라고 해요."

박현은 고개를 끄덕여 인사를 받아주었다.

"어쨌든 마탑 대신이겠지?"

"……?"

"본인을 지원하러 온 것 아닌가?"

"맞습니다."

"좋아."

박현은 마녀장 틸다를 쳐다보았다.

"그럼 밥부터 먹을까?"

"……?"

"밥, 그렇군. 빵을 좋아하겠군."

"예?"

갑자기 대화가 뜬금없는 것으로 튀자 마녀장 틸다는 대화를 이어가지 못했다.

"머슴도 배를 채워줘야……, 이런 말은 못 알아듣겠군."

박현은 손가락으로 턱을 긁으며 잠시 생각하는 모습이었다.

"그래, 중장비도 기름을 가득 채워야 힘 있게 움직일 게 아닌가?"

"도대체 무슨 말씀을 하시는 건지."

"잘 먹여줄 테니, 밥값 하라는 소리지."

"예?"

마녀장 틸다는 황당한 나머지 자신도 모르게 목소리를 키웠다.

*　　　*　　　*

유럽과 다른 정취가 물씬 느껴지는 거리.

"하아."

그런데 그런 한국과는 또 다른 이질감이 느껴지는 인천 차이나타운 앞에 선 틸다가 한숨을 푹 내쉬었다.

"어, 언니."

마녀들 중 막내인 케이트가 걱정이 가득 담긴 목소리로 그녀를 불렀다.

"우리 괜찮겠죠?"

케이트가 불안한 듯이 몸을 떨며 뒤를 힐끔 쳐다보았다.

뒤에는 요상한 놈들이 허리에 손을 얹고 배를 쑥 내민 채 아주 당당하게 서 있었다.

물론 그중 가장 앞에 서 있는 이는 서기원이었다.

그 뒤에 서 있는 이들은 도깨비들이었고.

"지, 진짜 같이 다녀야 해요?"

케이트는 마치 쓰레기를 보는 듯한 눈으로 도깨비들을 쳐다보았다.

'휴우—.'

틸다도 비록 입 밖으로 내뱉지는 못했어도 한숨을 속으로 삼켰다.

그런 그녀들의 시선이 뿌듯한지.

서기원은 배를 좀 더 앞으로 내밀며 소리쳤다.

"가야!"

"두령께서 가라하신삽!"

"가자루!"

"가북!"

"가즈아창!"

도깨비들은 무식하게 손으로 하늘을 찌르며 앞으로 쿵쿵 걸어나갔다.

"어, 언니. 나 영국에 돌아가면 안 돼?"

케이티가 틸다를 잡고 애원을 하자.

"그, 그럴까?"

틸다도 그러고 싶었다.

둘은 도깨비들을 흘깃 쳐다보며 눈물을 글썽였다.

"봤어야?"

서기원은 눈으로 뒤를 흘깃거리며 가슴을 쭉 내밀었다.

"봤삽!"

"이것이 다! 나의 매력 아니겠어야?"

서기원은 보이지 않는 그녀들을 애써 보는 척하며 씨익 웃었다.

"자고로 말이어야."

서기원이 손바닥으로 자신의 배를 툭 치며 입을 열었다.

"남자는 힘이어야!"

서기원이 슬쩍 가슴에 힘을 줬다.

"존경하자루!"

"그러니, 이 두령 잘 모시고, 내 길만 잘 따르면."

"따르면!"

"따르면!"

"따르면!"

"저런 미인들을 얻을 수 있을 거여야. 알겠어야?"
"오오오오오오오!"
"우오오오오오오!"
"오오오오오오오!"

"재, 재들은 왜 길 한복판에서 소, 소리를 지르는 거야?"
틸다가 머리카락을 움켜잡으며 머리를 흔들었다.
"그, 그걸 언니가 모르면, 난 어떡해?"
케이트가 불안해했다.

*　　*　　*

그 시각.
구로구.
노동자 거리.
그리고 그 거리 속 자그만 중국 거리.

이곳이 한국인지, 중국인지 헷갈릴 정도로 간판은 온통 한자로 이뤄져 있었고, 거리에 들리는 대화도 전부 중국어였다.
그 거리 초입에 조완희와 에밀리가 나란히 섰다.

"저곳인가요?"

인천 차이나타운과 달리 허름하고 지저분한 거리에 에밀리가 눈살을 찌푸렸다.

"그렇습니다, 형수님."

망치 박이 얼른 옆으로 붙으며 대답했다.

"혀, 형수?"

에밀리가 황당해하며 망치 박을 쳐다보자.

그 옆에 서 있는 당래불과 이승환이 열심히 고개를 끄덕였다.

"에이."

망치 박이 팔꿈치로 슬쩍 에밀리의 팔을 툭 쳤다.

"저희 다 압니다."

"뭐, 뭐라고 하는 거죠?"

에밀리가 조완희를 쳐다보며 물었다.

"어허!"

조완희는 그런 골통 삼인방을 히죽히죽 웃으며 말리고 있었다.

"헐~!"

에밀리는 그냥 어이없는 침음을 내뱉을 뿐이었다.

"험험! 갑시다."

조완희가 먼저 걸음을 내디디고.

"편히 모시겠습니다!"

"가시죠, 형수님."

"인생이 다 그런 거 아니겠습니까? 나무관세음보살."

에밀리는 골통 삼인방에게 등 떠밀려 조완희의 뒤를 따랐다.

'나 영국으로 돌아갈래!'

에밀리는 외치고, 또 외쳤다.

속으로.

*　　*　　*

"허허헛!"

요상한 기합.

쾅! 퍼버벅— 쾅!

무지막지한 파음.

한 사내가.

적들을 우직하게 쓰러트리고 있었다.

"흠."

통통한 살집은 마치 갑옷을 연상케 했고, 그가 휘두르는 도깨비 방망이는 기사가 휘두르는 투핸드소드처럼 묵직했다. 그렇게 서기원은 양떼 무리를 헤집는 한 마리 사자와도 같이 마구 날뛰었다.

"생각보다 잘 싸우네요."

그 모습을 보며 케이트가 의외라는 듯 말했다.

"흐응~."

틸다의 입에서는 대답 대신 묘한 신음이 흘러나왔다.

"흐응?"

케이트는 틸다의 신음에 눈을 부릅떴다.

"어, 언니."

케이트는 떨리는 목소리로 틸다를 쳐다보았다.

틸다.

그녀는 언제나 진중하다.

하지만.

사랑은 아니었다.

그랬다.

그녀는 엄청나게 금방 사랑에 빠지는 '금사빠' 였던 것이었다.

"퐁강 프린세스라고 들어봤니?"

"퓨…… 누구요?"

요상한 이름에 케이트가 의아한 눈빛을 띠었다.

"있어. 옛날 이 땅의 공주 이름이야."

"그, 그런데요?"

케이트가 불안하게 물었다.

"그녀에게는 하늘이 맺어준 짝이 있었다고 해."

"그, 그게 누군데요?"

"풀(fool) 욘달."

"바보 요느……."

"그 공주는 멋진 왕자님들을 멀리하고 힘 센 바보와 결혼을 했지? 공주는 바보를 열심히 내조해서 그 나라의 위대한 대장군으로 만들었어. 멋지지 않아?"

틸다는 양손을 깍지 껴 가슴에 모은 후, 초롱초롱한 눈으로 서기원을 쳐다보았다.

"내 남자는 내가 키운다!"

틸다는 주먹을 불끈 쥐고 흔들었다.

그리고.

쾅!

북이 울리듯 묵직한 파음과 함께.

"으아악!"

마지막 단말마가 울려퍼졌다.

퉁—

서기원이 도깨비방망이를 바닥에 찧으며 가슴을 쭉 내밀었다.

"어딜 눼질라고 짱깨 새끼들이 설치기는 설쳐야. 킁!"

"비켜줄래?"

서기원을 둘러싼 도깨비들 뒤에서 도도한 틸다의 목소리가 들렸다.

틸다는 손짓으로 도깨비들을 좌우로 휙휙 물린 후 서기원 앞에 섰다.

"수고했어요."

틸다는 손수건을 꺼내 서기원의 이마에 난 땀을 보드랍게 닦아주며 귀를 간질이듯 사근사근 말했다.

"나, 나, 나가…… 도, 도, 도깨비들의……."

서기원은 한껏 긴장한 듯 벌게진 얼굴로 말을 더듬었다.

"땀도 흘렸는데 어디 가서 오붓하게 맥주라도 한잔할래요?"

"조, 좋아야!"

틸다는 서기원의 팔짱을 끼며 그를 가볍게 잡아끌었다.

도깨비들이 그런 둘의 뒤를 우르르 따르려 했지만.

"어딜 따라오는 거죠?"
틸다는 웃으며 말했다.
물론 두 눈을 섬뜩할 정도로 치켜뜨면서.
"데이트는 둘이서. 몰라요?"
"데, 데이트! 억!"
틸다의 말에 서기원이 가슴을 움켜잡으며 몸을 부르르 떨었다.
"가요, 내 사랑."
"사, 사랑―. 꺼억!"
틸다는 웃으며 서기원을 끌고 사라졌다.

"하아―."
그 모습에 케이트는 한숨을 푹 내쉬었다.
"저기 이름이 케이트라고 했삽?"
"나랑 한 잔 어떠자루?"
"나도 우리 두령 못지않게 무지 잘 싸우북. 어때북?"
틸다의 행동에 용기를 백배 천배 얻은 듯 도깨비들이 우르르 몰려와 케이트를 둘러쌌다.
"호호, 호호호."
케이트는 어색한 웃음을 지으며 뒷걸음을 치기 시작했다.

"한 잔 어때삽?"

"내가 좋은 곳을 알고 있자루?"

"그대가 내 사랑이 될 것 같아북."

도깨비들이 어깨싸움을 하며 케이트를 향해 달려들 듯 다가갔고.

"으아아아아아아!"

케이트는 걸음아 나 살려라, 휙 도망치듯 그 자리에서 사라졌다.

* * *

어느 자그만 커피숍.

애프터눈 티(Afternoon Tea).

점심과 저녁 사이, 쿠키나 스낵 등 간단한 음식에 홍차를 곁들이는 영국 문화였다.

두 명의 여인.

아니 마녀.

"하아—."

케이트는 예쁜 다기 세트에, 김이 모락모락 나는 향긋한 홍차와 알록달록한 마카롱을 그저 바라보며 한숨을 푹 내쉬었다.

"틸다 언니는 어디 가고?"

에밀리가 묻자.

"으하아—."

케이트는 더 크게 한숨을 내쉬었다.

"서, 설마?"

에밀리는 눈을 동그랗게 떴다가 고개를 절레절레 저었다.

케이트는 그런 에밀리를 힘없는 눈으로 쳐다보았다.

"에이!"

에밀리는 못 믿겠다는 듯 손을 휘휘 저어보았다. 하지만 케이트의 표정은 변하지 않았다.

"진짜야?"

에밀리의 목소리가 단숨에 커졌다.

그리고 그 물음에 케이트는 고개를 끄덕였다.

"왜? 왜!"

"뭘 물어?"

그녀가 금사빠인 것을 모르는 마녀들은 없었다.

"아니 그래도!"

"그것보다 누구냐고 묻는 게 먼저 아니야?"

"아! 맞다! 누구야?"

에밀리가 손으로 무릎을 탁 치며 물었다.

"그 뚱뚱한 요거."

케이트가 엄지손가락을 세웠다.

"그 키 큰 드워프 같은?"

케이트가 우울해하며 고개를 끄덕였다.

"왜?"

"잘 싸우더라."

"잘 싸워?"

"그리고 바보라서 좋대."

"잉? 바, 바보라서?"

에밀리의 반문에 케이트가 고개를 저었다.

"그게 무슨……."

"틸다 언니가 여기 올 때 본 책 생각나?"

"그거 역사책 아니었어?"

"역사책을 가장한 로맨스였어."

케이트는 몸을 부르르 떨며 말했다.

"로, 로맨스?"

"평강 프린세스와 풀 온달."

케이트는 그 사이 알아낸 평강공주와 바보온달 이야기를 읊어주었다.

"헐!"

에밀리는 틸다가 사랑에 빠진 이유를 알자 어이없다는

듯 턱을 아래로 툭 떨어트렸다.

"후우—."

"하아—."

동시에 둘은 한숨을 내쉬었다.

"그 뭐시기, 이름이 뭐야?"

"기원."

"기원?"

"어."

둘은 서로의 손을 꼭 잡으며 고개를 숙였다.

"부디 불쌍한 어린 양에게 축복이 함께하기를."

"축복이 함께하기를."

둘은 서기원의 앞날을 걱정하며 기도를 올렸다.

*　　*　　*

그 시각.

박현은 하늘 아래서 주한 중국대사관을 내려다보고 있었다.

'인천에서 2대, 그리고…… 구로에서 1대라고 했던가?'

잠시 후, 시간 차를 두고 차량 3대가 중국 대사관으로 들어갔다.

'훗!'

박현은 씨익 웃으며 그 자리에서 사라졌다.

대사관 내, 밀실에 가까운 응접실에 네 명의 사내와 한 명의 여인이 자리하고 있었다.

"무슨 일인데, 하나같이 대사관으로 온 것이오?"

주한 중국대사가 꺼림칙한 눈으로 사내 셋을 쳐다보았다.

그 물음에 셋은 중국대사가 아닌 그와 함께 앉아 있는 여인을 쳐다보았다.

"무슨 일이지?"

여인은 사내 셋을 쭉 쳐다보며 냉정한 목소리로 물었다.

"그, 그것이……."

사내 셋 중 누구 하나도 시원하게 입을 연 이는 없었다.

탕!

그러자 여인은 손바닥으로 탁자를 강하게 때렸다.

"셋이 한꺼번에 왔다는 건 분명 작지 않은 일일 터."

여인은 싸늘한 눈빛으로 쳐다보았다.

"소, 소국의 이면이 우, 움직인 듯합니다."

"그래서?"

여인은 무미건조한 목소리로 반문했다.

“…….”

“…….”

“…….”

그리고 당연히 셋은 다시 입을 꾹 닫았다.

“왜 아무 말이 없지?”

여인은 싸늘한 목소리로 물었다.

“설마 모두 제거된 것은 아니겠지?”

“그, 그것이…….”

사내 하나가 식은땀을 흘리며 눈치를 보며 힘겹게 입을 열었다.

쾅!

여인이 주먹으로 탁자를 내려쳤다.

“정확히 보고해.”

“은거지가 모두 무너졌습니다.”

여인의 눈매가 꿈틀거렸다.

“본국에서 넘어온 신인(神人)들은?”

“다행히 무사합니다.”

“하아—.”

여인은 자그맣게 안도의 한숨을 내쉬었다.

“그게 네 목숨을 살렸다.”

“가, 감사합니다!”

"어디에 머물고."

여인은 말을 하다 말고 눈을 살짝 찌푸렸다가 부릅떴다.

"그러게. 본인도 참 궁금하군. 그들이 어디에 있는지."

밀실 구석에 박현이 서 있었다.

10장

팡!

박현을 보자마자 여인은 의자와 탁자를 박차고 날아올라 박현을 덮쳤다.

쐐애애액!

그녀는 박현을 향해 날카롭게 벼린 발톱을 휘둘렀다.

자박—

박현은 가볍게 축지를 밟아 중국대사 뒤로 이동했다.

가가각— 카각!

벽을 한 움큼 긁어낸 여인이 고개를 돌려 박현을 노려보았다.

"캬르르르르!"

그리고 푸른 안광을 흩뿌리며 여우 울음을 토해냈다.

"기운이 묘하다 여겼는데, 여우 일족이군."

박현은 여인을 보며 흥미롭다는 듯 웃음을 지었다.

그 웃음이 기분이 나빴던 탓일까.

"캬홍!"

여인은 다시 자리를 박차며 박현을 덮치려 했다.

그에 박현은 걸음을 옆으로 옮겨 겁에 질려 오들오들 떨고 있는 중국대사의 어깨를 손으로 짚었다.

중국대사의 목이 박현의 손에 움켜쥐어지자, 여인은 움직임을 멈출 수밖에 없었다.

"보아하니 구미호도 아니고."

박현은 중국대사의 어깻죽지를 꾹 눌렀다.

"끄읔."

중국대사는 고통에 신음을 삼켰다.

"불여우도, 백여우도 아니고."

같은 여우족이라고 해도 일족마다 풍기는 기운이 미묘하게 달랐다. 그리고 여인의 기운은 그가 만나본 여우족에는 포함되지 않는 것이었다.

"네 정체는 뭐지?"

"캬르르르르르."

대답해줄 생각이 없었던지, 여인은 박현을 향해 울음만 삼킬 뿐이었다.

"대답해주기 싫은 모양이군."

박현은 중국대사의 어깻죽지를 꽉 쥐어짰다.

"아아악!"

어깨가 뜯겨나가는 고통에 중국대사는 비명을 터트렸다.

"흥!"

고통에 찬 울부짖음에도 여인은 그저 콧방귀만 뀔 뿐이었다.

"죽여."

그리고는 아무렇지 않게 말을 툭 던졌다.

"이런."

박현은 재미있다는 듯 입술을 말아올렸다.

"감히 소국의 신 주제에, 대국의 심기를 거스를 수 있다면 말이야."

"하하, 하하하!"

박현은 이어진 여인의 말에 웃음을 터트렸다.

"그대는 어찌 생각하나?"

박현은 손에 힘을 살짝 빼며 중국대사에게 물었다.

"끄으으—."

고통의 여파 때문인지 중국대사는 그저 몸을 부들부들 떨 뿐이었다.

"본인이 그대를 못 죽일 거 같나?"

그런 모습은 안중에도 없다는 듯 박현을 말을 이어갔다.

"처, 천호(天狐)[1]! 천호입니다."

"천호라."

박현은 흥미롭게 여인, 천호를 바라보며 그녀의 정체를 다시 한번 입 안에도 돌렸다.

콰직!

박현은 중국대사의 목을 그대로 으스러트려 버렸다.

목이 으스러진 중국대사는 비명조차 지르지 못하고 바닥으로 나뒹굴었다.

"……!"

설마 진짜로 중국대사를 죽일 줄 몰랐던지 천호는 눈을 동그랗게 떴다.

"왜?"

천호가 박현에게 의문을 드러냈다.

"설마."

박현은 어이가 없다는 듯 천호를 쳐다보았다.

"진짜 본인이 죽이지 못할 거라 생각했나?"

박현은 양손을 들어 손뼉을 쳤다.

팡!

그러자 천호 앞에서 공기가 터졌다.

갑작스러운 폭발에 천호가 눈가를 찌푸리며 뒤로 물러났다.

턱!

벽이 그녀를 가로막았다.

'벽?'

하지만 벽이 그녀를 가로막을 리는 없었다.

'……!'

천호는 순간 눈을 부릅뜨며 재빨리 옆으로 몸을 날렸다.

하지만, 박현의 손이 그것보다 빨랐다.

콱!

박현은 천호의 목을 그대로 움켜쥐었다.

마치 팔딱팔딱 뛰는 물고기를 건져올리듯 박현은 천호를 들어올렸다.

그리고는 얼굴 앞으로 잡아당겼다.

"그럼 이제부터 진지한 대화를 나눠볼까?"

박현은 그녀를 바라보며 씨익 웃었다.

*　　*　　*

어느 현대식 주막.

해물파전에 도토리묵, 그리고 칼칼한 명란찌개.

그리고 동동주.

한 상 거하게 차려진 술상 앞에 서기원이 앉아 있었다.

"에헴!"

그는 가슴을 쭉 펴고 오만할 정도로 턱을 오롯하게 들며 나직하게 헛기침을 내뱉었다.

"두령. 뺨에……."

"뺨? 뺨이 뭐?"

서기원은 아무것도 모른 척 뺨을 씰룩거렸다.

"헉!"

"헙!"

"으헛!"

자리에 옹기종기 앉아 있던 도깨비들이 저마다 헛바람을 들이켰다.

왜냐하면 웃음을 참는다고 씰룩거리는 뺨에는 빨간 립스틱 자국이 선명하게 찍혀 있었기 때문이었다.

"두령! 존경하삽!"

"진짜 대단하자루!"

도깨비들은 하나같이 쌍따봉을 날리며 서기원을 떠받들었다.

그 시각.

"흐음~♫ 으으음~♬."

틸다는 홍차 찻잔을 들며 콧노래를 부르고 있었다.

콧노래 사이사이 빙그레 웃기도 하고, 발그레해진 뺨을 양손으로 감싸며 열기를 가라앉히는 등, 누가 봐도 사랑에 빠진 모습이었다.

그런 그녀의 모습을 바라보는 두 마녀, 에밀리와 케이트는 몸을 부르르 떨었다.

"봐봐, 너무 귀엽지 않니?"

틸다는 커플로 찍은 사진을 보여주었다.

"……네."

에밀리가 마지못해 대답하며 케이트의 옆구리를 툭 쳤다.

"너무 잘 어울려요."

"그렇지?"

틸다는 환하게 웃으며 자리에서 일어나 그녀 둘 사이에 앉았다.

그것이 시작이었다.

수백 장의 커플 셀카를 보게 되었다.

강제로, 근 30분 이상 둘의 셀카를 보여주던 틸다가 자리에서 벌떡 일어났다.

"어, 언……."

케이트가 당황해서 그녀를 부르려는 순간, 에밀리가 얼른 케이트의 입을 막았다.

그러거나 말거나.

틸다는 어디론가 전화를 걸었다.

그리고는.

"달링~."

코맹맹한 목소리로 서기원을 불렀다.

"어디예요?"

"네."

"흐응."

"나도 보고 싶어요."

그렇게 달콤하게 대화를 나누던 틸다의 얼굴이 한순간 딱딱하게 바뀌었다.

"뭐라고 했어요?"

얼음장처럼 차가운 목소리.

"그러니까 지금 나보다 동생들이 더 중요하다는 건가요?"

"이럴 거면 왜 나랑 사귀죠?"

"어, 어떻게 나한테 이럴 수가 있죠?"

"그래요! 당신이 싫다면 우리 헤어져요."

"그래서 헤어질까요?"

비수가 팍팍 꽂혔다.

그렇게 날 선 목소리가 한순간 훈풍으로 바뀌었으니.

"사랑해요."

"내 바람처럼 달려갈게요, 달링~. 쪽!"

달콤한 사랑을 내뱉은 틸다는 고개를 돌려 에밀리와 케이트를 향해 손을 흔들었다.

"나 먼저 간다."

그리고는 나풀나풀 총총 뛰며 까페를 나갔다.

"무섭다."

에밀리가 손으로 팔을 문대며 말했다.

"이번에는 더 심한 거 같아요."

케이티가 몸을 떨며 말했다.

"우리 기도하자."

에밀 리가 케이티의 손을 꼭 잡았다.

"오! 신이시여."

"불쌍한 어린 양에게 축복을."

그렇게 에밀리와 케이트는 다시금 신에게 기도를 올렸다.

* * *

쾅!

천호의 몸이 2층 바닥을 뚫고 1층 주방 바닥으로 처박혔다.

"쿨럭!"

천호는 피를 토하며 박현을 올려다보았다.

"네가 이러고도 무사할 거라 생각하느냐!"

천호는 입가에 흐르는 피를 닦으며 박현을 쏘아보았다.

"가서 전해."

박현은 주방 한편으로 손을 뻗었다.

우드득!

호수가 뜯기며 커다란 LPG 가스통이 끌려왔다.

"다음은 베이징이 될 거라고."

박현은 씨익 웃으며 손가락을 튕겼다.

콰과과과과과광!

그리고 폭탄이 터지듯 폭발이 터져나갔다.

* * *

애애앵— 애애앵!

삐뽀— 삐뽀— 삐뽀—

경찰차와 소방차가 뒤엉키듯 달려와 검은 연기를 내뿜고 있는 중국대사관을 에워쌌다.

그들만이 아니었다.

방송국 로고가 칠해진 승합차 수십 대가 달려와 포진을 한 것도 모자라, 기 수십의 구경꾼들이 모여드니 난장판이 따로 없었다.

"네. 지금 현재까지 밝혀진 바로는, 화재의 원인은 가스 폭발이라 합니다. 특이하게도 도시가스가 아닌 LPG가스를 사용했다 합니다. 아무래도 중국요리 특유의 불맛을 위해 강한 불을 사용하기 위함이 아니었을까 조심스럽게 추측하고 있습니다.

방금 추가된 속보입니다. 주한 중국대사가 이번 화재에 휘말려 사망한 것으로 밝혀졌습니다."

한 가지가 카메라 앞에서 긴급방송을 찍고 있었다.

그 카메라 뒤로.

정돈되지 못한 머리카락을 한 여인이 잔뜩 일그러진 표정으로 중국대사관을 바라보고 있었다.

천호.

폭발 속에서 탈출한 그녀였다.

"가서 전해. 다음은 베이징이 될 거라고."

그 말과 함께 그는 LPG가스를 터트렸다.
천호는 박현을 떠올리자 몸을 부르르 떨었다.
그는 자신을 죽일 수 있었다.
그럼에도 죽이지 않았다.

'꼭 죽인다!'
천호는 시퍼런 눈으로 검은 연기를 토해내는 중국대사관을 노려보며 몸을 돌렸다.

*　　*　　*

"허억!"
한 사내가 정신을 차리며 눈을 부릅떴다.
"흡!"
정신을 차린 그가 자의적으로 움직일 수 있는 건 오로지 눈과 입, 그리고 목뿐이었다.
몸이 속박되었다는 걸 느낀 동시에, 정신을 잃기 전의 기억이 밀물처럼 떠올랐다.

중국대사관.
그리고 천외천.

'젠장!'
사내는 재빨리 고개를 들어 주변을 살폈다.
창문도 없는 밀실인지, 아니면 어둑한 밤인지 모르나 사방은 어두컴컴했고, 그저 자그만 전등 하나가 어둠을 밝히고 있을 뿐이었다.
그리고 앞을 확인한 사내는 고개를 옆으로 돌렸다.
아무것도 없었다.
정말 아무것도 없었다.
사방이 꽉 막힌 방에 그 혼자 의자에 묶인 채 앉아 있을 뿐이었다.

끼익—
문이 열리며 말끔한 양복 차림의 사내가 안으로 들어왔다.
"반갑습니다."
그는 서류 가방을 앞에 놓으며 의자 하나를 끌고 와 사내 앞에 앉았다.

"일단 소개부터 하지요. 국정원 부검관 변동호라고 합니다."

변동호는 서류가방을 열어 자그만 철제함을 무릎 위에 꺼내들었다.

달깍—

도시락만 한 철제함에는 약물과 주사기가 들어있었다.

"자백제를 쓸 참인가?"

사내는 콧방귀를 뀌었다.

"아니요."

변동호는 주사기에 약물을 주입한 뒤 손가락으로 주사기를 때려 공기를 뺐다.

"저나 당신이나 화학자가 아니니까 간단하게 설명하죠. 그냥 독약입니다. 치사량 100퍼센트."

변동호는 고무줄을 꺼내 그의 팔을 묶었다.

"참! 제 소개에서 빠트린 게 있군요."

변동호는 사내를 보며 씨익 웃었다.

"전매귀입니다."

"흡!"

변동호의 말에 사내는 숨이 막히며 눈을 부릅떴다.

"내, 내, 내, 내가……."

사내는 마구 떨리는 목소리로 다급히 입을 열었다.

"아는 걸 모두 말하겠네. 아니 말하겠습니다. 뭐든지, 뭐든지 다! 그러니……."

"에이."

탁탁탁—

변동호는 손바닥으로 사내의 팔뚝을 쳐 힘줄을 돋게 만든 후 알콜솜을 꺼내 사내의 팔뚝을 정성스럽게 닦았다.

"그 말을 어찌 믿고."

"진실만을, 진실만을 말하겠습니다! 그러니! 제발!"

"저는 말이죠."

변동호는 주사기를 사내 앞으로 내밀었다.

"인간은 안 믿습니다."

"제발! 제발! 제바알! 살려주십시오!"

밀실 밖.

"죽는 게 참. 그렇습니다."

국정원 신참요원 신중학이 복잡한 표정을 지었다.

"죽는 것 때문이 아니야."

신참 꼬리표를 뗀 이기혁이 담배를 하나 입에 물었다.

"너도 하나 줄까?"

"괜찮습니다."

특공대 출신의 신참은 여전히 군인의 티를 벗지 못했다.

"괜찮아."

이기혁은 담배 하나를 더 꺼내 입에 물려준 후 불을 붙였다.

"저기 부검관이 전매귀야."

"전매귀라 하셨습니까?"

"알아?"

"시정하겠습니다."

이기혁의 물음에 신중학이 딱딱한 자세를 취하며 대답했다.

"시정은 군대에 놔두고."

"……예."

시답잖은 농담에 신중학도 자세를 좀 더 풀었다.

"전매귀는 말 그대로 귀신을 사고파는 이들을 말해."

"귀, 귀신을 사고판다고요?"

신중학이 눈을 껌뻑이며 물었다.

"그 말인즉슨."

"……."

"죽어서 평생 노예로 살아간다는 뜻이지."

"아—."

신중학은 그제야 알겠다는 듯 고개를 끄덕이고는 굳게 닫힌 문을 쳐다보았다.

왜 저 안에서 저렇게 울고불고 살려달라고 비는지 알게 된 것이었다.

평생.

아니 어쩌면 수백수천 년, 죽어서 노예로 살아간다.

끔찍한 일이었다.

달깍—

문이 열리고 변동호가 밖으로 나왔다.

"수고했습니다."

이기혁이 담배를 뒤로 숨기며 고개를 살짝 숙였다.

"뭘요."

변동호는 담담히 웃었다.

"그래, 알아내셨습니까?"

이기혁의 물음에 변동호가 반으로 접힌 종이를 건넸다.

종이를 슬쩍 펼쳐본 이기혁은 씨익 웃으며 안주머니에 넣었다.

"수고하셨습니다."

"예, 수고하십시오."

짧게 인사를 마친 이기혁은 신참인 신중학을 데리고 빠르게 사라졌다.

* * *

그 시각.

국정원장실.

탁—

원장 안필현이 박현 앞에 세 개의 붉은색 여권을 던지듯 건넸다.

“네가 원한 대로 베이징 하나, 상해 하나, 그리고 청도 하나로 준비했다.”

박현은 손을 뻗어 ‘중화인민공화국’이라 적힌 중국여권을 집어 들었다. 그리고 여권을 펼쳐 대충 안을 살폈다.

“실제 살아 있는 이들이니까 어지간해서는 들킬 일은 없을 거다.”

각자의 여권 안에는 포스트잇으로 진짜 주인의 간략한 인적사항이 적혀 있었다.

박현은 빠르게 그 인적사항을 외운 후 태워버렸다.

똑똑—

그때 문기척 소리와 함께 이기혁이 안으로 들어왔다.

그는 박현에게 목례를 취해 인사를 건넨 후 안필현 앞으로 다가갔다.

"소재파악 끝냈습니다."

그 보고에 안필현은 고개를 끄덕였다.

"검호단은?"

"이미 준비를 마치고 대기하고 있다 합니다."

안필현은 고개를 끄덕이며 박현을 쳐다보았다.

"너는?"

"알아서 잘하겠죠."

"알았다."

안필현은 다시 이기혁을 바라보았다.

"시작하라고 전해."

"예."

"서포트 확실하게 하고."

"알겠습니다."

이기혁은 목례를 취한 후 밖으로 나갔다.

그리고.

드르륵—

박현이 자리에서 일어났다.

"너도 가려고?"

"예."

"바로 넘어갈 생각이냐?"

"그럴 참입니다."

"몸조심하고. 혹시 몰라 주중 한국대사관 쪽에 파견된 요원에게도 지령을 넣어 놨다. 혹여 필요하면 연락 넣고."

"예. 그럼 갑니다."

박현은 여권을 품에 넣으며 그 자리에서 사라졌다.

*용어

1) 천호(天狐): 3~4세기, 곽박이 쓴 괴담집 현중기(玄中記)에 의하면, 여우가 오십 년 묵으면 여인으로 변할 수 있으며, 백 년을 묵으면 미녀로 변할 수 있다. 그렇게 천년이 묵으면 하늘과 통해 천호가 된다.

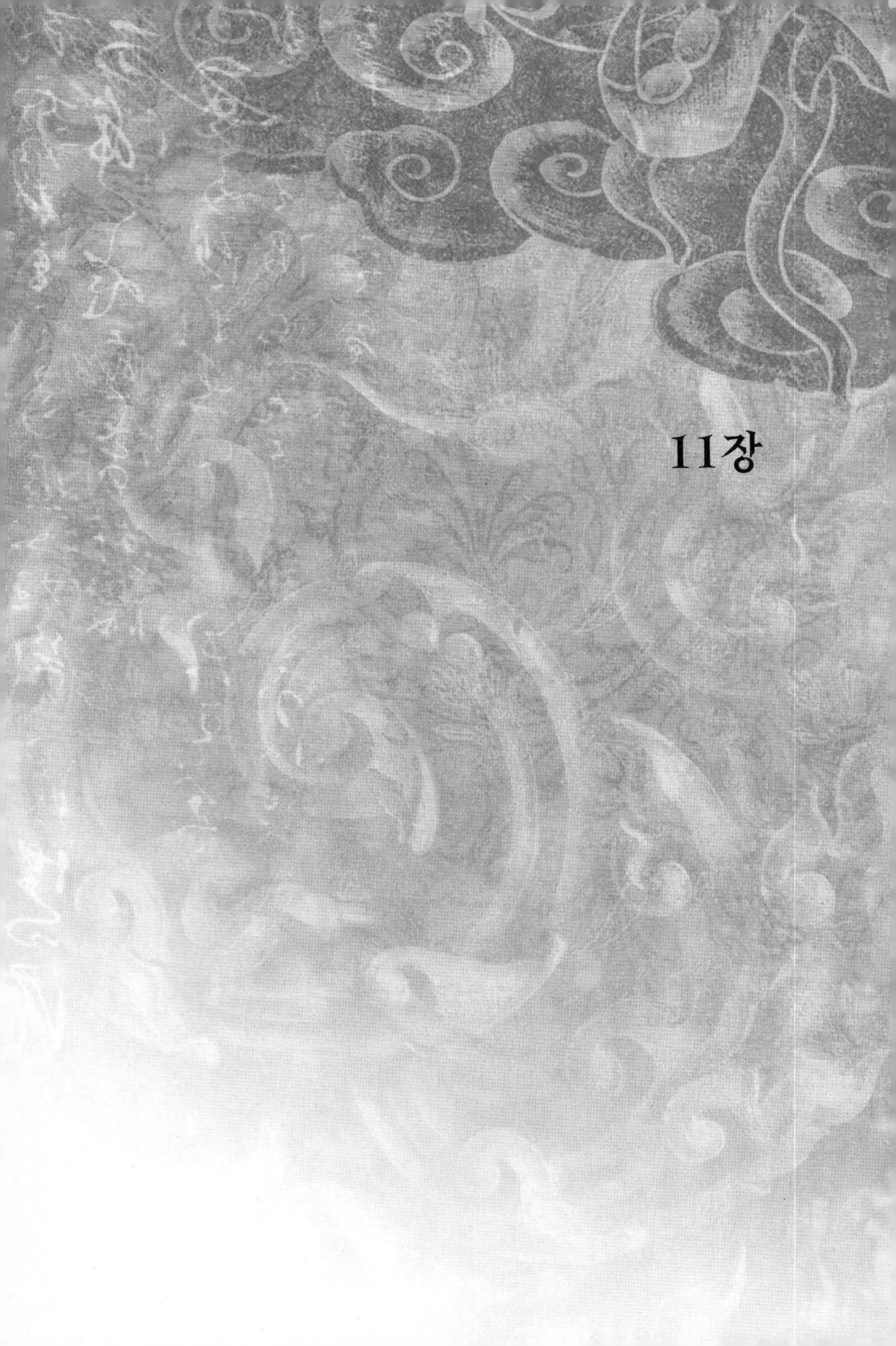

11장

화려한 거실에, 아홉 개의 중국식 의자, 태사의(太師椅) 아홉 개가 반원 형태로 나란히 놓여 있었다.

아홉 개의 태사의가 바라보는 곳에 천호가 한껏 불안한 모습으로 서 있었다.

바람 한 줄기가 거실에 흐르며.

드르륵—

의자가 끌리는 소리가 나자, 천호는 곧장 바닥으로 바싹 엎드렸다.

"……."

"……."

"……."

시간이 흘러도 아무런 말이 없자, 천호의 얼굴에 식은땀이 송글송글 맺혔다.

"말하라."

묵직한 음성이 흘러나왔다.

"다음은 베이징이 될 거라고……."

"베이징?"

"그렇게 전하라고 하였습니다."

천호는 무미건조한 비희의 목소리에 목소리를 떨며 대답했다.

"중국대사관도 날려, 본토 삼합회 조직원도 모두 날려. 그래놓고, 고작 전한다는 말이 다음은 베이징이라고?"

스하아아—

무시무시한 살기가 뿜어져 나와 천호를 찍어 눌렀다.

"요, 용서를……."

"그만하세요, 오라버니."

애자가 끼어들어 살기를 거둬냈다.

"천호."

"예."

"네가 천년을 살 수 있었던 건."

"주인님 덕분입니다."

천호는 머리를 바닥에 쿵 찧으며 대답했다.

"러시아로 가."

"……러시아 말씀이십니까?"

포뢰의 말에 천호가 고개를 살짝 들어 그를 올려다보았다.

"멀린 마탑에서 축출된 전 마탑주가 러시아로 피신해 있다. 우리 쪽으로 망명을 희망하고 있다. 그를 만나 의중을 알아보라."

"명!"

천호는 머리를 바닥에 찧으며 복명했다.

천호가 즉시 자리를 뜨고.

용생구자는 자리를 옮겨 커다란 원탁에 모여 차를 마시고 있었다.

"베이징이라."

비희는 찻잔을 내려놓으며 중얼거렸다.

"신경 쓰입니까?"

이문이 물었다.

"쓰이지. 그 녀석 성격이라면 대놓고 휘저을 텐데. 쯧!"

말해놓고도 마음에 안 드는지 비희는 혀를 찼다.

"일단 당에 비상 경계령을 내리고 언론 쪽도 통제하겠습니다."

포뢰.

그 말에 비희는 고개를 끄덕였다.

"너는 어쩔 참이냐?"

비희는 폐안을 보며 물었다.

멀린 마탑주의 사고가 절묘하게 맞물려, 일본 내 야쿠자 항쟁과 한국 내 삼합회의 기습을 동시에 일으키려 했다.

"어찌할까요?"

폐안이 되물었다.

"조금만 더 대기하고 있어 봐."

"알겠습니다."

비희는 초도를 쳐다보았다.

"암전의 암도(暗道)는?"

그 물음에 초도는 고개를 저었다.

"완전히 다 막힌 것이냐?"

"아직 은밀히 감춰진 암도가 몇 있지만, 대규모 인원이 넘어갈 수준은 아닙니다. 그리고."

"……?"

"암도를 이용하는 즉시 발각될 겁니다."

"끄응."

초도의 말에 비희가 앓는 소리를 잠시 삼켰다.

"생각보다 철저하게 관리를 하는 모양이군."

비희는 짧게나마 용왕 문무를 머릿속에 떠올렸다가 지웠다.

"암전에 심어둔 귀도 대부분 잘려나갔습니다."

"흠."

"생각 이상으로 꼼꼼하게 암전을 장악해나가고 있습니다."

"뭐 하나 마음에 드는 게 없군."

비희는 눈가를 찌푸리며 찻잔을 들었다.

* * *

탁!

허름하고 시커먼 때가 잔뜩 낀 바 테이블 위로 빈 잔이 거칠게 찍혔다.

"그 잔, 천 루블이야."

바텐더이자 사장이 빈 잔을 꽉 움켜쥔 앤드류에게 말했다.

"깨기 전에 말해두는 거야."

사장의 말에 앤드류의 인상이 찌푸려졌다.

"돈 있으면 깨도 좋아. 돈이 있으면."

바 사장은 눈을 부라리며 말했다.

"이익!"

앤드류의 손이 꽉 쥐어졌다가 활짝 펼쳐졌다.

파지직—

그런 그의 손 안에서 푸른 불꽃이 튀기 시작했다.

"나라면 하지 않을 거야."

그런 그의 옆으로 한 여인이 앉았다.

새하얀 피부에 푸른 눈, 그리고 금발.

전형적인 러시아 미인의 얼굴을 한 여인은 바로 천호였다.

"누구?"

앤드류는 손 안에 만들었던 불꽃을 지웠다.

그리고 한껏 경계 어린 목소리로 물었다.

"중국."

"……!"

앤드류의 눈이 살짝 커졌다.

"그만 마시고 일어날까?"

"……?"

"대화를 나누기에는 장소가 적당해 보이지 않아서."

천호는 앤드류를 데리고 자리에서 일어났다.

*　*　*

중국 베이징 국제공항.

출국장으로 나온 박현은 한 통의 전화를 받았다.

《나야.》

레드였다.

《휴우—, 내가 널 볼 면목이 없다.》

레드는 한숨을 내쉬며 말했다.

앤드류를 송환하기 위해 마녀들을 동원했는데, 간발의 차이로 놓치고 말았다 했다.

"그래서, 그 녀석은 어디에 있지?"

《러시아.》

"러시아?"

《그곳에서 중국 측과 접촉하려는 모양이야.》

"중국이라."

박현은 시선을 돌려 베이징 국제공항 청사를 쳐다보았다.

《다시 마녀들을 러시아로 보낼게.》

그런 박현의 눈에 늘씬하고 키가 큰 모델로 보이는 금발의 여인과, 전형적인 동아시아인으로 보이는 사내가 눈에 들어왔다.

그를 바라보는 박현의 눈빛이 반짝였다.

인간 사회에서 신원을 확인하는 데 쓰이는 게 보통 지문이다.

아니면 DNA라든가.

하지만 이면을 살아가는 이들에게는 하나 더 있다.

바로 고유의 파장이었다.

기(氣)든, 마나(Mana)든, 그 무엇이든.

어떤 기운을 쓰든 지문처럼 고유의 파장을 가지게 마련이었다.

"보낼 필요 없어."

박현은 금발의 여인과 짤막한 사내를 눈으로 좇으며 말했다.

《……? 혹시 마녀들이 못 미더운 거냐?》

"아니."

《그럼?》

"지금 바로 내 눈앞을 지나갔거든."

《응?》

"본인, 지금 중국이야."

박현은 전화를 끊으려다 말고.

"레드."

《……?》

"틸다라고 했던가?"

《틸다? 틸다가 누구지?》

"영국대사관으로 파견 넣어줘."

《무슨 소리야?》

"그렇게 해줘."

《이잉?》

"내 친구, 봄바람 좀 느끼자."

《봄, 봄바람 뭐?》

툭—

박현은 황당해하는 레드의 말을 자르듯 전화를 끊었다.

그리고 앞서 걸어간 천호와 앤드류의 뒤를 쫓았다.

* * *

공항을 나선 천호와 앤드류는 중국 대형 세단을 타고 공항을 떠났다.

미행을 의식했는지, 차는 베이징 시내를 빙글빙글 돌다 한 건물 안으로 들어갔다.

중국 내 제법 유명한 인터넷 기업 사옥이었다.

"환영 인사로 제법 괜찮을 것 같은데."

박현은 건너편 도로에서 50층쯤 되어 보이는 회사 사옥을 올려다보며 씨익 웃었다.

*　　*　　*

박현은 느긋한 걸음으로 회사 사옥 지하주차장으로 내려갔다.

"어이!"

경비가 박현을 막아섰지만, 박현은 마치 무림인이 지풍을 날리듯 구슬처럼 기운을 손가락 사이에 뭉쳐 날렸다.

퍽!

미간에 맞은 경비는 그 자리에 정신을 잃고 쓰러졌다.

"누가 일당 통제국가가 아니랄까 봐."

마치 교도소처럼 빽빽한 CCTV 카메라들이 곳곳에 즐비했다.

박현은 간간이 CCTV를 향해 씨익 웃으며 'V' 자를 그려 보이고는 지하 5층으로 내려갔다.

"흐음~♫ 으으음~♬."

박현은 콧노래를 부르며 아공간 주머니에서 공사용 다이너마이트를 꺼내 기둥에 툭 박았다.

칙—

길게 늘어진 도화선에 불을 붙이며 다음 기둥으로 향했다.

그렇게 스무 개? 서른 개?

대충 그쯤 벽에 다이나마이트를 박았을 때쯤이었다.

콰앙!

반대편에서 폭발이 일었다.

콰앙— 쾅쾅쾅쾅쾅!

그 폭발은 도미노처럼 연쇄적으로 터지기 시작했다.

"그럼 이제 시작해볼까?"

박현은 신력을 사용해 권능 투시를 두 눈에 담고는 고개를 들었다.

우지끈—

벽이 뒤틀리며 금이 가고,

콰르르르!

천장이 어그러져 무너져 내렸다.

파장창창창!

유리창은 깨져나갔다.

"아아아악!"

"꺄아아악!"

"사, 사람 살려!"

회사원들은 갑자기 건물이 기우뚱 기울기 시작하자, 패닉에 빠져 우왕좌왕하며 울부짖었다.

팡!

그런 그들의 사이로 박현이 모습을 드러냈다가 위로 사라졌다.

거침없이 축지를 밟아 한 층 한 층 올라가던 박현은 25층쯤에서 묘한 층을 발견했다.

그 층만 다른 층과 분위기가 달랐다.

벽은 흔한 페인트 칠 하나 없이 노출 콘크리트 그대로였고, 복도 사이사이마다 교도소처럼 철문이 굳게 닫혀 있었다.

'이곳이군.'

그리고 무엇보다.

그 층에서 흐르는 묘한 기운들.

이면의 것이었다.

'훗!'

박현은 축지를 밟아 교도소처럼 음침한 숨겨진 층으로 올라갔다.

"누구냐?"

창살과 창살 사이에 경비를 서고 있던 한 사내가 박현을 보자 소리쳤다.

콰앙!

박현은 사내의 머리를 움켜잡아 벽으로 집어던졌다.

"꺼억!"

사내가 벽에 부딪혔다가 바닥으로 허물어질 때.

콰르르르르

건물이 크게 흔들렸다.

크그그그극!

그에 벽에 금이 쫙쫙 그어지며 시멘트 가루가 우수수 떨어져 내렸다.

"중요한 것만 챙겨!"

"어차피 건물이 무너지면 폐기된다!"

"테러를 저지른 놈 데이터만 챙겨!"

다급한 목소리가 곳곳에서 터져나올 때였다.

콰르르르르르르—

건물이 한 번 더 크게 흔들리자.

퍽— 퍽— 퍽—

층 내부를 밝혀주던 전등도 우수수 꺼졌다.

아마 건물이 갸우뚱하며 전선 일부가 끊어진 모양이었다.

"챙길 것만 챙기고 어서 빠져나가!"

다급한 명령에, 굳게 닫혀 있던 문들이 열리고 그림자처럼 어둑한 인형들이 튀어나왔다.

쐐애애애애액!

그런 그들을 새하얀 검날이 가르며 지나갔다.

*　　*　　*

용을 먹고 깨어난 삼족오.

그럼에도 박현의 몸에는 낙인처럼 용의 흔적이 남아 있었다.

박현이 손바닥을 활짝 펼치자 새하얀 대합의 칼날이 삐죽 튀어나왔다.

한 자루 장도처럼 예리하게 빛나는 대합의 칼날을 움켜잡으며 천호와 앤드류의 기운이 느껴지는 곳으로 걸음을 내디뎠다.

콰당!

그러는 사이 문들이 열리고 수많은 인형들이 우르르 튀어나왔고, 박현은 그들을 베며 걸음을 멈추지 않았다.

악귀처럼 모두 죽인 건 아니었다.

그저 내딛는 걸음 앞에 마주한 이들만 죽이며 앞으로 걸어나갔다.

그렇게 혈로는 복도 끝에 멈췄다.

천호와 앤드류를 마주하며.

"반갑군."

박현은 둘을 보며 웃으며 칼날에 묻은 피를 털어냈다.

*　　*　　*

"편히 쉬세요."

"그닥 편히 쉴 곳은 못 되는군."

앤드류는 방 한가운데에 덩그러니 놓인 소파에 털썩 주저앉으며 마뜩잖은 표정을 지었다.

"여기서 얼마나 머물러야 하지?"

"일주일 정도면 될 거예요."

그 사이 천호가 커피포트에 물을 올린 후 차를 준비했다.

"어쩔 수 없지."

마음에 들지 않지만 앤드류의 입장에 찬밥 더운밥 가릴 처지가 아니었다.

"오늘은 푹 쉬어요. 내일부터 조사와 교육에 들어갈 거에요."

천호가 앤드류 앞으로 다가와 찻잔을 건넸다.

"홍차군."

앤드류는 그나마 만족스러운 웃음기를 머금으며 홍차의 향을 깊게 마셨다.

"좋은 홍……."

앤드류가 막 찻잔을 입으로 가져가려는 그때였다.

쾅! 쾅! 쾅! 쾅—

바닥이 연신 울리더니 벽에 금이 가고 천장이 무너져 내렸다.

"무슨 일이지?"

앤드류는 찻잔을 바닥에 던지며 자리에서 일어났다.

창문이라도 있으면 외부 상황을 보며 판단할 수 있겠지만, 꽉 막힌 밀실이라 그것도 불가능했다.

그러는 사이 천호는 재빨리 휴대폰을 꺼내들어 어디론가 전화를 걸었다.

콰르르르르—

그러는 사이 건물은 비명을 지르듯 비틀리며 기우뚱 기울어지기 시작했다.

"무슨 일이야?"

천호의 눈이 부릅떠졌다.

"어떤 놈이! 알았다."

신경질적으로 전화를 끊은 앤드류를 쳐다보았다.

"테러야. 피해야겠어."

천호는 상황이 상황인지라 예의를 차리지 않았다.

"일단 건물을 나가지."

앤드류의 말에 천호는 고개를 끄덕이며 굳게 닫힌 철문을 열었다.

"……!"

퀴퀴한 냄새가 느껴져야 할 복도에서 진한 혈향이 풍겼다.

"피?"

천호는 미간을 찌푸리며 손가락을 활짝 펼쳤다.

손가락 끝에 쇠낫처럼 발톱이 자라났다.

그리고 커다란 꼬리를 뻗어 앤드류를 자신의 뒤로 당기며 복도로 나섰다.

"으아아악!"

마치 기다렸다는 듯이 고통에 찬 비명이 귀를 파고들었다.

"이봐."

앤드류가 긴장 어린 목소리로 천호를 불렀다.

"어서 마나 구속을 풀어."

앤드류의 말에도 천호는 아무런 대답이 없었다.

"이봐! 지금 상……."

앤드류가 신경질적으로 천호의 어깨를 짚으며 말을 내뱉다가, 자신들의 앞에 서 있는 사내와 눈이 마주쳤다.

"반갑군."

그 목소리에.

"꿀꺽!"

박현의 눈빛에 앤드류는 마른침을 삼키며 저도 모르게 뒷걸음 쳤다.

"처, 천호! 어, 어서! 어서!"

앤드류는 옷을 찢듯 상의를 벗었다.

그러자 그의 가슴에 부적 한 장이 붙여져 있었다.

"어서 떼! 죽기 싫으면 어서 떼라고!"

앤드류의 지랄발광에 가까운 말에도 천호는 박현에게서 눈을 떼지 않았다.

"캬르르르르르!"

천호는 한껏 꼬리털을 바싹 세우며 살기를 드러냈다.

"자! 시간이 많이 없으니."

우르르르!

건물이 본격적으로 무너지며 벽과 천장이 우르르 허물어지기 시작했다.

"해우는 짧게 끝내자고."

박현은 둘을 향해 씨익 웃으며 검을 치켜세웠다.

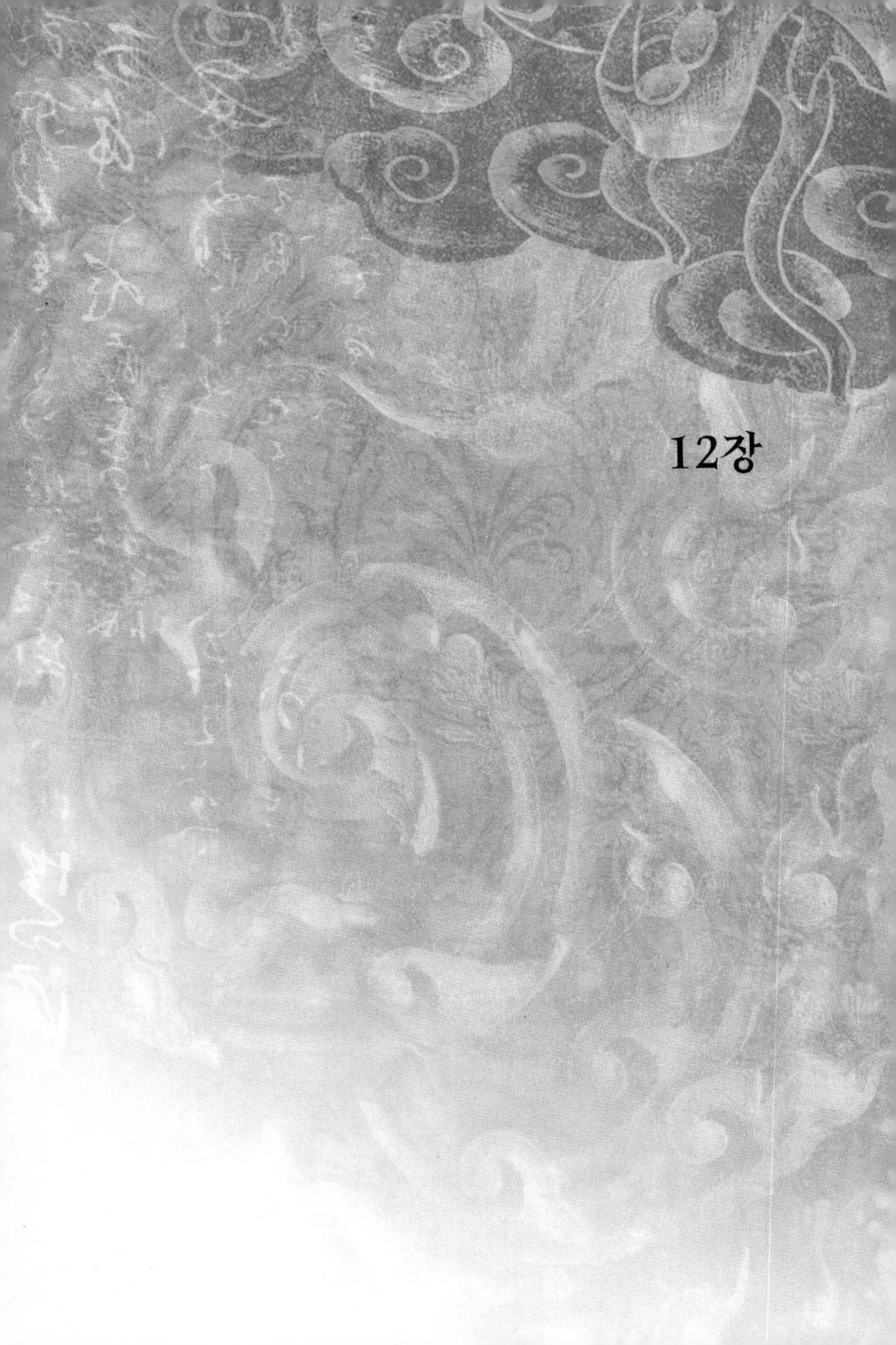

12장

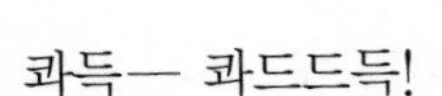

콰득— 콰드드득!

뒤틀린 건물은 어느새 디디고 서 있던 바닥까지 허물어트렸다.

투웅!

천호는 발아래로 꺼지는 바닥을 발로 가볍게 튕기듯 밟으며 허공으로 뛰어올랐다.

"캬르르르르르!"

천호는 반인반호의 모습으로 변하며 살심이 가득한 울음을 토해냈다.

반면.

"으아, 으아아악!"

마나가 구속된 앤드류는 일반 범인이나 다름없었다.

무너지는 바닥과 함께 아래로 떨어지는 앤드류는 허우적거리다가 천호의 바짓자락을 움켜잡았다.

"후욱— 후욱—."

앤드류는 그녀의 발을 부둥켜안으며 거친 숨을 몰아쉬었다.

"야! 부적! 어? 부저억!"

"캬르르르르!"

"미친년아! 부적 좀 떼라고!"

천호가 자신의 말을 귓등으로만 듣자, 앤드류는 쌍욕을 섞어 소리쳤다.

그제야 그의 목소리가 그녀의 귀에 들어간 것인지, 천호는 천천히 뒤로 물러나며 꼬리로 그의 가슴에 마치 문신처럼 새겨진 부적을 빗자루 쓸듯 쓸었다.

그러자, 그렇게 용을 써도 안 떨어지던 부적이 가벼운 바람에 날려가는 포스트잇처럼 팔랑~ 떨어졌다.

"후악!"

그러자 앤드류 주변으로 기운이 휘몰아치며 그의 몸을 떠받쳤다.

“후우—.”

앤드류는 무사히 허공에서 균형을 찾으며 크게 숨을 내쉬었다.

“이제 준비 끝? 응?”

기다리다 지쳤다는 투의 박현의 목소리가 들리자, 앤드류는 몸을 움찔거렸다.

“캬르르르르!”

동시에 천호의 울음도 한층 더 커졌다.

팡!

허공의 공기가 터지며 박현이 날아와 검을 휘둘렀다.

“헙!”

눈 한 번 깜짝할 사이에 검이 앤드류 자신의 목을 파고들고 있었다.

‘제, 젠장!’

앤드류는 다급히 허리를 뒤로 젖혔다.

하지만 박현이 휘두르는 검격 안이었다.

그러자 앤드류는 손을 뻗어 천호의 어깨를 움켜잡았다. 그리고는 자신의 앞으로 확 잡아당겼다.

동시에 발을 들어 천호의 등을 차 박현을 향해 밀어넣었다.

“캬하악!”

다행이라면 다행일까, 천호의 몸이 앞으로 급격히 쏠리며 오히려 검격에서 벗어난 꼴이 되었다.

그렇다고 해서 무사한 건 아니었다.

천호의 몸이 자신의 품에 안겨 들어오자, 박현은 검을 손에서 놓으며 팔꿈치를 휘둘렀다.

빡!

천호의 머리가 옆으로 꺾였다.

빠바박!

하지만 그게 끝이 아니었다.

다른 팔꿈치를 수직으로 올려 천호의 턱을 후려친 후, 다시 팔꿈치로 천호의 관자놀이를 긁듯 베어버렸다.

푸학!

천호의 얼굴이 찢어지며 피가 튀었다.

순간 정신을 잃은 것인지, 천호는 허공에 떠 있지 못하고 무너진 바닥 밑으로 뚝 떨어졌다.

번쩍!

동시에 빛이 터졌다.

앤드류가 그 자리에서 사라진 것이었다.

“훗!”

박현은 그 사이 꽁지를 말고 도망치는 앤드류를 보자 어이없다는 듯 코웃음을 치며 빈손을 옆으로 뻗었다.

핑—

그러자 바닥에 떨어져 있던 대합의 칼이 화살처럼 날아와 박현의 손에 쥐어졌다.

"캬하아아아앙!"

그 사이 정신을 차리고 벽을 타고 뛰어 올라오는 천호를 향해 박현은 몸을 날렸다.

"헉헉헉! 끄윽!"

앤드류는 심장에서 느껴지는 고통에 가슴을 움켜잡으며 쪼그려 앉았다.

"젠장!"

앤드류는 '에라 모르겠다'는 듯 옆으로 둘러 철퍼덕 누웠다.

"끄으으—."

고통 뒤에 오한이 오자 곧 식은땀이 흘러내렸다.

제법 오랜 시간 마나가 얼어 있다가, 채 녹기도 전에 수십, 수백 Km를 단거리 순간이동 마법을 난사하며 폭주하듯 도망친 후유증이었다.

"그래도 잘 도망치기는 도망쳤군."

앤드류는 고개를 살짝 들어 주변을 쳐다보았다.

대도시의 높은 빌딩은 아예 그림자조차 없었고, 보이는 건 넓은 들판뿐이었다.

일단 베이징은 벗어난 모양이었다.

"후우—."

안도의 한숨을 내쉰 앤드류는 곧 미간을 찌푸렸다.

"쓰벌!"

그리고는 주먹을 쥐어 땅을 때렸다.

어쩌다 이렇게 된 것인지.

'하아—.'

앤드류는 한숨을 내쉬었다.

꼬르륵—

이 와중에 배는 고프다고 아우성이었다.

"끄응!"

앤드류는 앓는 소리를 삼키며 몸을 일으켰다.

"일단 근처 민가라도 뒤져야겠군."

옷에 묻은 먼지를 털 생각도 하지 않고, 주변을 살폈다.

저 멀리 허름한 농가 몇 가구가 눈에 들어왔다.

"일단 배를 채우고, 중앙아시아 쪽으로 피신해야겠군."

아무래도 영국의 마탑을 눈을 피하기에는 러시아의 영향력이 강한 중앙아시아만큼 좋은 곳도 없었다.

중앙아시아에서 자신의 뜻과 함께하는 수하들을 불러모아 재정비를 하면 어찌어찌 될 듯싶었다.

그 사이 요동치던 마나도 제법 가라앉은 터라 앤드류는 손을 휘저어 텔레포트 게이트를 열었다.

그리고 그곳에 발을 디디는 순간이었다.

주욱—

"……!"

앞으로 성큼 다가오던 민가의 풍광이 갑자기 뒤로 밀려나며 멀어졌다.

마치 누군가 뒷덜미를 잡고 뒤로 잡아당기는 듯.

'서, 설마!'

이 느낌.

그리고 이 상황.

앤드류는 재빨리 몸을 틀어 옆으로 몸을 굴렀다.

턱!

그런 그의 등에 무언가가 걸렸다.

그건 바로 누군가의 발이었다.

툭!

그 옆에 칼날이 툭 찍혔다.

'꿀꺽!'

앤드류는 마른침을 삼키며 고개를 들었다.

'윽!'

가장 먼저 눈에 들어온 건 태양의 햇빛이었다.

그리고 그 아래 검은 실루엣.

앤드류는 본능적으로 얼굴을 살짝 틀어 실루엣으로 햇빛을 가렸다.

그러자 검은 실루엣이 얼굴을 드러냈다.

"헉!"

실루엣의 주인은 바로 박현이었다.

"컥!"

박현의 미소를 보는 순간 그의 의식은 멀어졌다.

* * *

"어떻게 된 상황인지 확인은 되었나?"

주중 영국대사의 물음에.

"가스 폭발로 추정된다는 연락이 왔습니다."

"가스 폭발은, 무슨."

주중 영국대사는 기도 안 찬다는 듯 콧방귀를 뀌었다.

"테러라 생각하십니까?"

"테러라…… 하아—."

주중 영국대사는 크게 숨을 내쉬었다.

중국에서 테러를?

"글쎄."

중국에서 테러라.

물론 그럴 확률이 아예 없는 건 아니지만, 모든 게 통제되는 중국에서 테러를 한다?

"혹시……."

"혹시 뭐?"

"이면 쪽……."

주중 영국대사가 그대로 발을 휘둘러 참사관의 종아리를 때렸다.

"윽!"

"입에 담을 게 있고, 없는 게 있는 거 몰라?"

"죄, 죄송합니다."

참사관은 깨금발을 밟으며 얼른 고개를 숙였다.

"일단 모든 정보 라인 다 돌려봐."

"옛썰."

그렇게 참사관이 밖으로 나가려는 그때였다.

후악!

대사 집무실 내부의 공기가 확 밀려나며 그림자 하나가

뚝 떨어졌다.

아니 정확히는 둘이었다.

"헉!"

"헙!"

대사 집무실에 있던 대사와 참사관이 놀라 헛바람을 들이켰다.

순간 모습을 드러낸 그림자, 아니 박현은 어깨에 메고 있는 앤드류를 바닥에 툭 던졌다.

"그대가 영국대사?"

"누구……?"

주중 영국대사는 박현이 평범한 일반인이 아니라는 걸 알았기에 경계하며 물었다.

그 사이 참사관이 박현의 눈치를 살피며 긴급 호출기에 손을 가져갈 때였다.

"안 눌러도 됩니다."

"……!"

그 말이 떨어지기가 무섭게 방문 앞으로 여러 인기척이 느껴졌다.

딱!

박현이 손가락을 튕기자, 굳게 닫혀 있던 대사 집무실 문이 활짝 열렸다.

갑자기 문이 열리자 그 앞에서 잔뜩 긴장한 채 돌입하려던 이들이 순간 당황하며 우왕좌왕하기 시작했다.

박현은 그중 마법사로 보이는 이를 염력으로 확 끌어당겼다.

"으악!"

자신의 앞으로 끌고 온 마법사를 보며 물었다.

"마법사?"

박현의 눈이 그의 심장으로 향했다.

"맞군."

그가 대답하기도 전에 박현은 고개를 끄덕이며 바닥에 쓰러져 있는 앤드류를 염력으로 끌어와 그의 앞에 던졌다.

"헉!"

앤드류의 얼굴을 본 마법사가 기겁성을 터트렸다.

"영국으로 잘 데려가."

"이, 이게 무슨……."

"이번에도 실수하면 레드한테 가서 확 뒤집어버린다."

"예?"

"내 말 이해가 안 되나?"

박현이 미간을 찌푸렸다.

"아, 아니."

"쯧."

박현이 자리에서 일어나자 주중 영국대사는 화들짝 옆으로 피했다.

박현은 그의 책상에 올려진 전화기로 어디론가 전화를 걸었다.

"아니 그 전화는……."

참사관이 그걸 막으려 했지만.

달깍.

《이거 대사관 번호인데, 누구냐?》

스피커 폰을 통해 레드의 목소리가 들렸다.

"나다."

《나? ……박현?》

"잘 잡아서 잘 포장해 놨다. 이번에는 잘 데리고 가라."

《거기 혹시…… 주중 대사관이냐?》

"어. 그리고, 이 녀석과 함께 들어온 마법사들 러시아에 있다 하니까 알아서 수거하고. 나 바빠서 다음에 전화할게."

박현은 몸을 틀어 주중 영국대사의 어깨를 툭 쳤다.

"수고."

이어 박현은 그 자리에서 사라졌다.

“나 주중 영국대사입니다. 전화 받는 분은 누구십니까?”

엉겁결에 전화를 이어받은 주중 영국대사가 전화의 상대에게 말을 걸었다.

《레드.》

“히끅!”

주중 영국대사는 순간 목에 가시라도 박힌 것처럼 숨이 꺾였다.

* * *

그 시각.

“현재 중화의 사상을 선도하는 한 인터넷 기업 사옥이 무너져 내렸습니다. 그 이유가 어떻게 된다고 하던가요?”

“이는 안전을 무시한 결과로 판명이 되었습니다.”

“안전을 무시한 결과요?”

“그렇습니다. 지하 5층 용접작업 중, 가스관으로 불똥이 튀어 폭발을 일으킨 것으로 방금 소방 관계자가 밝혔습니다.”

틱—

TV 화면이 꺼졌다.

"흠."

비희는 리모컨을 손안에서 으스러트리고는 침음을 삼키며 앞을 쳐다보았다.

응접용 탁자 위에 천호의 수급이 올려져 있었다.

*　　*　　*

《좋아. 일단 잘 받았어.》

이번에는 확실하게 앤드류가 송환된 모양이었다.

《뭘 원해?》

레드는 바로 본론으로 들어갔다.

"홍콩."

《홍콩?》

"아직까지 홍콩에 대한 영향력, 가지고 있지?"

《있어.》

"좋아. 그럼 홍콩을 흔들어 줘. 중국이 시끄럽게."

《홍콩이라……. 홍콩만으로 되겠어?》

"대만도 함께 건드려볼 참이야."

《대만?》

"그래야, 중국이 시끄럽지."

《잠깐.》

무슨 일인지 레드가 잠시 생각에 잠긴 듯 아무런 말이 없었다.

《박현.》

"말해."

《확실한 거지? 홍콩, 마카오.》

"본인은 한 입으로 두 말 안 해."

《좋아.》

"좋은 생각이라도 있는 건가?"

《인도도 움직일게.》

"인도?"

인도도 엄연한 영연방국가이자, 인도 최고신인 가루다는 레드의 권속이었다.

"인도, 인도라……."

얼핏 인도와 중국이 국경분쟁을 한다는 기사가 떠올랐다.

"러시아는?"

《휴우―. 러시아는 관할 밖이야.》

레드는 한숨 섞인 목소리로 대답했다.

하긴 전통적으로 러시아는 유럽보다 중국과 가까웠다.

"일단 그 정도면 되겠군. 부탁하지."

박현은 전화를 툭 끊고 피닉스에게로 전화를 걸었다.

《여어~, 안 그래도 흥미롭게 보고 있던 참이야.》

피닉스는 경쾌한 목소리로 전화를 받았다.

"……?"

《시원하게 건물 날렸던데?》

"어떻게 알았어?"

박현은 황당하다는 듯 물었다.

《요즘 세상이 어떤 세상인데. 저 하늘 위에서 지켜보고 있었지.》

인공위성을 통해 본 모양이었다.

"본인이 전에 말했지? 중국은 안팎으로 흔들 거라고."

《호오―. 이제 시작한 건가?》

"상황 보고 천천히 움직이려 했는데……."

《인천이랑 구, 구……. 어디라고 했지? 구루? 구로? 아! 알았어. 구로. 그리고 일본 야쿠자. 맞지? 하긴 나라도 그 정도면 빡이 돌 만하지.》

"하아―."

피닉스의 말에 박현은 한숨이 절로 삼켜졌다.

《한숨 쉬지 마. 어차피 한국이랑 일본은 내…….》

"뒷말 잇지 마라."

박현이 날 선 목소리로 말했다.

《흐흐흐. 미안. 하긴 좀 그렇긴 하지?》

"앞으로 한국에 대해서는 신경 꺼."

《오케이. 그래도 얼추 반의 반은 걸치고 있을게.》

"뭐?"

《워우— 워— 워—.》

피닉스는 박현을 달랬다.

《대외적으로 그게 낫지 않을까? 세상은 혼자 사는 게 아니잖아?》

반쯤은 진심이리라.

하지만 나머지 반, 그 음흉함을 모를 리 없었다.

"선 넘지 마라."

박현은 싸늘한 목소리로 말했다.

《오케이.》

피닉스는 경박할 정도로 가볍게 대답했다.

"그리고, 대만을 통해 중국 좀 흔들어."

《대만? 네가 하면 되잖아.》

"바쁘다."

《호오—. 엄청나게 날뛸 생각인 모양이지?》

"……."

《알았어. 제법 세게 흔들어주지.》

박현의 생각을 읽은 듯 피닉스는 흔쾌히 대답했다.

툭—

전화를 끊고 박현은 스마트폰을 탁자 위에 던졌다.

이내 탁자 위에 다리를 얹었다.

"흠."

박현은 스마트폰을 노려보며 묵직한 침음을 삼켰다.

그리고 스마트폰을 노려보는 박현의 눈매가 서서히 가늘어져 갔다.

*　　*　　*

상해.

박현은 하늘에 떠서 상해 도시를 내려다보고 있었다.

"뭐니 뭐니 해도 사람들의 이목을 끌기에는 인재가 최고지. 더욱이 공산당의 중국이라면."

박현은 천천히 상해를 둘러보았다.

"싱크홀 하나 만들고. 아파트가 좋겠군. 그리고……."

뭔가 좀 미진한 느낌이었다.

확실하게 중국 내부를 흔들 만한 것이 필요했다.

"발전소에 화학 공장이 좋겠군."

박현은 상해 외부에 위치한 공장 단지와 화력 발전소를

바라보며 씨익 웃었다.

그리고 그 자리에서 사라졌다.

*　　*　　*

다음날 오전.

상해 번화가 8차선에 거대한 싱크홀이 생겼다.

오후.

싱크홀 인근 아파트 두 동이 무너지고, 세 동이 기울어졌다.

그날 저녁.

화학 공장 파이프 일부가 깨지며 폭발과 함께 유독가스가 새어 나왔다.

그리고 그날 새벽.

화력발전소가 주변에 지진을 일으킬 정도로 어마어마한 충격을 주며 터졌다.

*　　*　　*

"인재로 인한 사고가 끊임없이 터지는 가운데, 공산당은……."

틱—

TV가 꺼졌다.

"상황은?"

비희가 묻자 포뢰가 무미건조하게 대답했다.

"당 차원에서 적극적으로 수습하고 있습니다."

"수습이 되겠나?"

비희가 묻자 포뢰가 고개를 살짝 저었다.

"쉽지 않을 겁니다, 형님."

일단 사고가 일어난 도시가 상해라는 것이 컸다.

상해는 중국이 아니라고 해도 과언이 아닐 정도로 상당히 이질적인 동시에 국제적 감각도 가진 도시였다.

오죽했으면 상해에 사는 이들이 자신은 중국인이 아니라 상해인이라고 할 정도였다.

그런 도시였기에 중국 3대 세력 중 하나인 상하이방이 존재할 정도로 도시가 가진 힘은 강했다.

그런 상해에서 큰 사고가 하루 만에 네 건이나 발생했다.

당연히 상해의 분위기는 끓어오를 수밖에 없었고, 몰락에 가깝게 무너진 상하이방이 이 기회를 타 목소리를 높이고 있었다.

거의 패닉에 가까울 정도로 공산당 내부에 진통이 생겨 버렸다.

"하지만 너무 걱정하지 않으셔도 됩니다. 어떻게든 수습은 할 겁니다."

일당독재의 좋은 점이 바로 이것이었다.

무엇이든 덮을 수 있다는 것.

하지만 일은 이게 끝이 아니었다.

♪~♩ ♪~♩ ♬~

전화벨이 울리고.

"무슨 일이야?"

포뢰가 전화를 받자, 곧 안색이 굳어졌다.

"알았다."

포뢰가 전화를 끊으며 옅은 숨을 내쉬었다.

"무슨 일이지?"

비희의 물음에.

"홍콩에서 민주주의를 요구하는 대규모 시위가 일어났다 합니다."

"홍콩?"

비희의 안색이 확 구겨졌다.

상해에 홍콩까지.

하지만 그게 끝이 아니었다.

♪～♩ ♪～♩ ♬～

“또 뭐야?”

포뢰가 골치가 아픈 듯 조금은 날 선 목소리로 물었다.

“뭐?”

포뢰가 전과 달리 인상을 화락 일그러트렸다.

“알았어.”

포뢰가 신경질적으로 전화를 끊었다.

“미군이 기습적으로 군사 훈련을 강행했다 합니다.”

“……미군이?”

비희도 놀란 듯 되물었다.

“그 규모가 군부에서도 긴장할 정도로 상당하다 합니다.”

포뢰가 부연을 덧붙였다.

“잠깐.”

비희가 순간 미간을 좁혔다.

"조금 전 홍콩에서 민주주의 시위가 일어났다 했나?"

"예, 형님."

"거기 아직까지 영국의 영향력이 남아 있지?"

"……많이 희석되었지만 조금은 남아 있을 겁니다."

"레드."

영국의 여황, 레드.

"홍콩이 움직이자마자 대만이 움직였어."

"혹시?"

"레드와 피닉스는 연인 사이지."

그건 포뢰도 잘 알고 있었다.

"그들이 움직였다는 건 분명 둘이 무언가 사인이 오간 게 분명해."

"하지만 그럴 이유가……."

포뢰가 고개를 갸웃거렸다.

"인간들 정부 사이에 뭔가 틀어진 것 때문이 아닐까요?"

아무리 생각해도 현재 자신들과, 피닉스 그리고 레드와의 접점은 없었다.

"과연 그럴까?"

"박현, 그 녀석이 그들과 접점이 있을 리가 없지 않습니까?"

없다.

적어도 자신들이 알기에는.

♪~♩♪~♩♬~

다시 전화벨이 울렸다.

"뭐야?"

포뢰는 상황이 상황인지라 신경질적으로 전화를 받았다.

"뭐? 소규모 충돌?"

포뢰가 자리에서 벌떡 일어나 소리치듯 되물었다.

"무슨 일이냐?"

심상치 않음을 느낀 비희가 서둘러 물었다.

"인도와 소규모 충돌이 있었다 합니다."

"인도?"

포뢰가 소파에 털썩 주저앉으며 말했다.

"후우—."

한숨을 내쉰 포뢰가 다시 자리에서 일어났다.

"일단 당에 가봐야겠습니다. 형님 말대로 단순히 인간들의 일인지, 아니면 레드와 피닉스가 무슨 꿍꿍이를 가지고 일을 만든 것인지."

비희가 고개를 끄덕이자 포뢰는 그 즉시 자리를 벗어났다.

"흠."

포뢰가 자리를 뜬 후, 비희는 묵직한 침음을 삼켰다.
"아닐 거야. 아닐 것이야."
비희는 박현을 떠올렸다가 고개를 저었다.

그리고 그 시각.

박현은 조용히 움직이기 시작했다.

* * *

《중국 내 이면이 빠르게 이합집산을 하고 있어 정확하지 않아.》
투룡방 하붕거.
《일단 무림은 대부분 용생구자 밑으로 들어갔다 보면 돼. 싫든 좋든 근거지가 본토이다 보니 어쩔 수 없는 모양이야. 어차피 공산당 주축인 사해방과 죽련방도 그렇고, 외각룡도 결국 용생구자에게 무릎을 꿇었다고 하더군.》
"음."
《문제는 산해경 쪽인데, 굉장히 복잡해.》
"……."
《비록 대력왕과 그를 따르는 십이두 태반이 죽어나가

14K가 사실상 해체가 되었는지만, 뇌공이 버티고 있어. 그래서 산해경 쪽은 딱 어느 쪽이라고 할 수 있는 게 드러나지 않아. 그렇다 보니 산해경의 신들은 대부분 회색이라고 보면 돼. 누가 뇌공 쪽에 붙었는지, 누가 용생구자 밑으로 들어갔는지 불분명한 놈이 많다더군.》

무림 쪽은 어느 정도 피아 구분이 되었지만, 산해경 쪽은 그렇지 않은 모양이었다.

"무림은 용생구자 밑이라 보면 되겠군."

《그나마 외각룡의 금거산이 버틴 모양인데.》

"쓸데없는 잡언은 빼고."

《사실상 여기 남천의 흑룡방 외에는 전부 용생구자 밑으로 들어갔다 봐야겠지.》

"알았어."

《확실하게 색이 정해진 건 항산에 집결한 신들이야. 그들은 확실하게 용생구자의 수족이라고 보면 돼. 여섯째, 그 이름이 뭐라 하더라.》

"공복."

《그래! 공복이 이끌고 있다고 하더라고. 무림은…….》

"포뢰?"

《아니! 포뢰가 아니라…….》

"그럼 금예겠군."

《맞다. 금예.》

중국 삼인방 중에 공복이 산해경, 금예가 무림을 맡은 모양이었다.

'포뢰는 공산당을 쥐었겠군.'

"수고했다."

《수고는 무슨. 하지만 정확한 건 아니야. 완전히 복종한 이들도 있지만, 겉으로 복종한 이들도 있고.》

밖에서 보기에는 불분명해 보이지만, 내부적으로 아닐 수 있다.

'비희.'

그가 어떤 이인데, 불안정하게 놔두었을까.

모르긴 몰라도, 홍콩이나 대만에도 서서히 손을 뻗고 있을 게 분명했다.

"훗!"

박현은 전화를 끊으며 조소를 머금었다.

아무렴 어떤가.

가지를 치다 보면 손발도 같이 잘려나가겠지.

'그럼 일단 베이징으로 가볼까?'

박현은 북쪽을 향해 축지를 밟았다.

*　　*　　*

중난하이(中南海)[1] 한 모처.

그곳에 사해방의 당철중, 남궁상환, 배극량, 그리고 죽련방의 단우백, 고흥, 양만강이 자리하고 있었다.

"이번에도 검거산은 자리하지 않았군."

당철중이 '쯧.' 하고 혀를 찼다.

"어쩔 수 없지 않소? 상해가 그 지경인데."

단우백.

죽련방에서 아등바등 독립하려고 애쓰던 단우백은, 오룡이 죽어나갈 때 함께 죽어나간 소림과 무당, 화산의 자리를 빠르게 차지하며 역으로 죽련방을 집어삼킬 수 있었다.

"그나저나 삼합회는 사실상 깨어진 거나 매한가지고. 무림도 새롭게 재편되겠지요?"

단우백이 물었다.

"그렇겠지요."

당철중이 고개를 끄덕였다.

"그나저나 어떻소?"

당철중이 단우백에게 물었다.

"……? 아아—."

처음에는 무얼 물어보나 했는데, 사실 이 자리에서 그가 물어볼 건 단 하나뿐이었다.

소림, 무당, 그리고 화산.

단우백은 씨익 웃었다.

"그들의 비급을 분류해서 방원들에게 배포했소."

"허?"

당철중은 순간 당황한 듯 눈을 동그랗게 떴다.

비단 그만이 아니었다.

남궁상환과 배극량도 매한가지였다.

"허허, 허허허허!"

잠시 후 당철중은 크게 웃음을 터트렸다.

"소림과 무당, 화산의 이름을 지울 모양이군."

그 말에 단우백은 고개를 저었다.

"지우다니요. 천부당만부당한 말씀입니다."

단우백은 히죽 웃었다.

"그럼?"

"그 이름은 영원히 남을 겁니다. 신천방이란 이름 아래서."

"신천방?"

"세상이 바뀌었으니 낡은 것도 버려야지요."

"아니, 단 방주?"

"하하하하."

"푸하하하하하!"

"하하하하하!"

동시에 웃음이 터졌다.

"상해의 외각룡은 어쩔 참이오?"

단우백이 물었다.

"끙."

그 말에 당철중은 팔짱을 끼며 침음을 삼켰다.

"같이 가야지요."

"역시."

질문한 단우백도 고개를 끄덕였다.

"하지만 걸음이 맞을까요?"

그러면서도 우려를 표했다.

"안 맞아도 맞출 수밖에. 그들이 가진 금력을 무시하지 못하니."

배극량.

그 역시 마뜩잖아 했지만 공은 공이고 사는 사였다.

"그들도 어쩔 수 없을 것이야. 상해를 버리지는 못할 테니까."

그렇게 앞으로 일어날 현안들에 대해서 이야기를 나눌

때였다.

쿠웅!

묵직한 기운이 그들의 방을 덮쳤다.

"……!"

"흡?"

"……!"

"오셨나 봅니다."

자리에 있던 이들은 눈을 동그랗게 떴다가 우르르 일어나 옷맵시를 가다듬었다.

끼익—

문이 열리는 소리가 들리자마자.

그들은 엎드리듯 허리를 바싹 숙여 인사를 올렸다.

"오셨습니까?"

그들을 대표로 당철중이 인사를 올리며 먼저 허리를 폈다.

"헙!"

그리고 동시에 헛바람을 들이켰다.

왜냐하면 그의 앞에 서 있는 이는 용생구자의 금예가 아니라 바로 박현이었기 때문이었다.

"반가운 이들이 다 모여 있군."

박현은 순간 당황해하는 이들을 보며 씨익 웃음을 지어 보였다.

"너, 너는?"

직접 얼굴을 본 이들도 있고, 아닌 이들도 있었다.

하지만 박현도, 그들도 서로를 잘 알고 있었다.

"일단 그대들만 싹 사라지면, 금예의 팔다리 하나쯤은 잘리는 건가?"

박현의 말이 끝나기가 무섭게.

"핫!"

눈알을 또르르 굴리던 배극량이 주머니에서 무언가를 꺼내 바닥에 던졌다.

펑!

자그만 폭음과 함께 방 안은 순식간에 연기로 뒤덮였다.

타다닥— 파박!

그리고 난잡할 정도로 발걸음 소리가 사방으로 흩어졌다.

"훗."

박현은 짧은 비웃음을 내뱉으며 발을 가볍게 굴렸다.

쿠웅—

그 기운은 빠르게 사방으로 퍼져 자그만 결계를 만들어 냈다.

콰직— 퍽! 우당탕탕탕!

창문으로, 방문으로 뛰쳐나갔던 이들은, 각자 창문과 방문은 부쉈지만 그 밖에 쳐져 있는 결계에 부딪혀 방 안으로 튕겨 들어오고 말았다.

"컥!"

"어억!"

"크윽!"

그들이 정신을 차리고 다시 일어서는 동작에 맞춰 방 안을 가득 채웠던 연기도 빠르게 사라졌다.

그리고 씨익 웃고 있는 박현을 보자 뱀 앞에 선 개구리처럼 몸이 굳어졌다.

"지금쯤 알아차렸으려나?"

박현은 살짝 먼 산을 쳐다보았다.

우드득.

"시간 없다, 그치?"

박현은 다시 그들을 쳐다보며 목과 손가락 마디를 꺾었다.

"얼른 끝내자."

팡!

동시에 박현의 신형이 그 자리에서 사라졌다.

"크하아아아앙!"

그리고 용의 잔재 중 하나인 호랑이 울음이 방 안을 울렸다.

*　　*　　*

호르륵—

금예는 보이차를 마시고 있었다.

"그래, 어쩔 참이냐?"

그 앞에 앉아 있던 공복이 물었다.

"형님은 어쩔 참입니까?"

"상황 보고 홍콩을 밀어버릴 참이다."

공복은 미간을 찌푸렸다.

"뇌공 때문입니까?"

금예의 물음에 공복이 고개를 끄덕였다.

"홍콩, 홍콩이라. 괜찮겠습니까?"

홍콩의 민주화 운동, 일명 우산 혁명 때문에 골치 아파하는 포뢰를 떠올렸다.

단순히 홍콩만의 문제라면 해결이 쉬운데, 그 뒤에 레드가 떡하니 존재하니 그게 문제였다.

"정 안 되면 레드고 나발이고 확 밀어제칠 참이야."

그 말에 금예는 고개를 끄덕였다.

"너는?"

"저야 뭐. 형님보다는 낫죠. 아무래도 대만 쪽을 제외하면 대부분 기반이 본토이다 보니, 싫어도 따를 수밖에 없을 겁니다."

"그래도 그냥 그대로 가져가지는 마."

"네. 안 그래도 새롭게 조직을 개편할 생각입니다."

"그래, 알아서 잘하겠지."

공복은 고개를 끄덕이며 앞에 놓인 찻잔을 들었다.

그때였다.

투웅—

묘한 기감이 둘의 감각에 들어왔다.

"응?"

"음?"

동시에 서로를 쳐다보았다.

"형님이신가?"

현재 공산당 최고 지도부와 함께하고 있는 포뢰를 떠올렸다.

그리고 다시 찻잔을 드는데.

"……!"

"……!"

둘은 동시에 눈을 부릅떴다.

서서히 진해지는 그 기운의 파장이 느껴진 것이었다.

"이건……. 젠장!"

파장창창창—

공복은 들고 있던 찻잔을 바닥으로 던지며 자리에서 벌떡 일어났다.

"바, 박현."

그의 예상이 맞다는 것을 증명이라도 하는 듯 금예도 자리에서 벌떡 일어났다.

"젠장!"

그리고 기운의 파장이 느껴지는 것은 그가 오늘 소집한 무림 수장들이 있는 곳이었다.

팡— 콰광!

금예는 천장을 부수며 하늘로 날아올라 갔다.

그리고 안력을 키워 박현의 기운이 느껴지는 곳을 쳐다보았다.

역시나 그의 느낌대로 무림의 수장들이 모여 있는 건물

위로 결계가 쳐져 있었다.

팡!

동시에 공복이 그를 스치며 결계가 있는 곳으로 날아갔다.

"무슨 일이냐?"

그리고 포뢰의 목소리가 터지듯 들려오며 그의 옆으로 그가 모습을 드러냈다.

"박현?"

포뢰는 그 대답을 듣기도 전에 거센 기운을 일으키며 공복이 날아가는 곳으로 고개를 돌렸다.

파방!

그리고 둘은 동시에 박현이 있는 곳으로 날아갔다.

그리고 그 시각.

서걱!

호랑이의 발톱이 할퀴고 지나간 자리에.

푸학!

피가 튀고.

"으아아악!"

비명이 만들어졌다.

"크하아아아아앙!"

그 모든 걸 포학한 울음이 뒤덮고 있었다.

〈다음 권에 계속〉

*용어

1)난하이(中南海): 중국 내 모든 정치가 이뤄지는 밀원. 과거 금, 원, 명, 청 시대의 황실의 원림이었으나 중국 공산당이 들어서며 당, 정, 군의 최고위 지도자들의 집무실과 공산당 중앙위원회, 국무원 등 주요 기관들이 밀집해 있는 곳인 동시에 그들의 주거지이기도 하다. 모든 정치적 결정이 이뤄지는 곳이기에 일명 중국 정치 1번지라 불리는 이곳은 철저하게 비밀에 싸여 있는 곳이기도 하다.

이탄
ETAN
ORIGINAL FANTASY STORY & ADVENTURE
쥬논 판타지 장편소설
〈흡혈왕 바하문트〉, 〈샤피로〉, 〈하라간〉을 잇는
쥬논의 사대신수 시리즈, 그 마지막 이야기!
혹독한 훈련을 받고 가문을 위한 희생양으로서
다른 차원으로 보내진 이탄.
듀라한으로 다시 태어난 그는 신관이 되어
본래 세계로 돌아갈 방법을 찾기 시작한다.
dream books
드림북스

DREAMBOOKS

DREAMBOOKS

DREAMBOOKS